Michail Jelisarow **Die Nägel**

Michail Jelisarow

Die Nägel

Roman

Aus dem Russischen
übertragen
von Hannelore Umbreit

RECLAM
LEIPZIG

Die Übersetzung wurde gefördert vom Literarischen Colloquium Berlin mit Mitteln des Auswärtigen Amtes und der Senatsverwaltung für Wissenschaft, Forschung und Kultur

Originaltitel: Ногти
Originalverlag: Ad Marginem Press, Moskau

Besuchen Sie uns im Internet:
www.reclam.de

1. Auflage, 2003
Umschlaggestaltung: Gabriele Burde unter Verwendung eines Fotos © ZEFA/Graphistock
Autorenfoto Umschlagklappe: Reclam Verlag Leipzig
Gesetzt aus Rotis serif
Satz: Reclam Verlag Leipzig
Druck und Bindung: Westermann Druck, Zwickau
Printed in Germany
ISBN 3-379-00803-6

Ich lernte Bachatow bereits im Säuglingsheim kennen. Wobei wir übrigens gar nicht begriffen, dass diese Bekanntschaft stattfand – wir waren beide erst wenige Monate alt. Als ich Bachatow zum ersten Mal bewusst wahrnahm, geschah das in der Rehabilitationsabteilung des Krankenhauses, im Schlafsaal für geistig zurückgebliebene Kinder. Bachatow weckte von frühester Kindheit an deprimierende Vorstellungen vom Zustand seines Intellekts, was an der verbeulten Schädelform und seinem endlosen Gesabber lag. Bachatow hieß er deshalb, weil die Windeln, in denen man ihn fand, neben seinen Ausscheidungen noch den Stempelaufdruck »B. Ch. T.« enthielten. Meine Windeln, sollte ich sie denn besessen haben, offenbarten nichts außer mir und meinem Buckel.

Ich kam bucklig zur Welt – Frucht egoistischer Verantwortungslosigkeit, Resümee trunkener Gier, Postfaktum eines vergifteten Vestibularapparats. Sie gaben mich nicht zu den Skoliose-Fällen, sondern behielten mich zum Spaß bei den Blöden. Der literaturbeflissene Doktor erfand einen Familiennamen für mich: »Gloster«. Zwar machten die unbedarften Schwestern aus dem königlichen Brandmal sehr oft »Klistier«, aber in meinem Ausweis steht: Gloster. Ein schwachköpfiges Findelkind, wie Bachatow.

Von Geburt an wurde ich von Unmengen kränkender Sprüche und Hänseleien begleitet. Manchmal fragten die Pflegerinnen: »Hast du schon gehört, für dich gibt es jetzt ein neues Massagegerät, das streckt deinen Buckel. Weißt du, wie es heißt?« Ich sagte: »Nein«, worauf sie versetzten: »Grab!« und sich vor Lachen krümmten, denn sie dachten an das Sprichwort vom Buckligen, den erst das Grab gerade macht. Zur Untersuchung beim Arzt, zum Essen, zum Spaziergang riefen sie mich, wenn ich trödelte, mit verstellter, heiserer Stimme, die wie jene des Sängers und Schauspielers Wladimir Wyssotzki klingen sollte: »Und jetzt der Bucklige! Der Bucklige, sage ich!« Einmal, ich war schon ein bisschen älter, winkte mich der Direktor unseres Internats zu sich heran und fragte in Gegenwart der Ärzte, aller Schwestern und Pflegerinnen: »Nun rate mal, wie sie dich rufen, wenn aus dir einmal ein Homo wird!« Ich schwieg, weil ich eine Falle witterte. Er präsentierte die Lösung selbst: »Buckelhomo« – und prustete so aufrichtig los, dass ich einfiel. Ich lernte, jede Gemeinheit mit Lachen zu quittieren.

Bachatow war im Grunde auch normal, nur eben hässlich, und es blieb ein Rätsel, was seine Mutter eingenommen oder getrunken hatte, um ihn loszuwerden.

Wir beide konnten lesen und schreiben lernen. Zwar hatte ich manchmal Schwierigkeiten mit dem Rechnen und Bachatow fielen die geisteswissenschaftlichen Fächer schwer, doch ich sage noch einmal: Wir waren normal. Extra für mich und Bachatow besorgte der Wirtschaftsleiter Lehrbücher, die das Bildungsministerium für die Schulen in Mittelasien auf Russisch herausgab. Diese primitiven knallbunten Fibeln ließen unseren geistigen Hunger ungestillt. Von Zeit zu Zeit kamen Lehrer aus einer normalen Schule und erzählten von Afrika oder anderen Ländern, und der Wirtschaftsleiter zeigte uns, wie man Briefumschläge klebt.

Ich erinnere mich an den Augenblick, als ich Bachatows Existenz zum ersten Mal mit meinem Bewusstsein erfasste, mit meinen Augen verstand. Bis dahin hatten sich alle Ereignisse meines Lebens nur meinem Rücken eingeprägt. Unsichtbare Hände packten mich bei meinem buckligen Schlafittchen und hoben mich hoch wie einen Koffer. Im Fluge sah ich Bachatow. Er wuchs aus einem Nachttopf empor wie eine Tulpenknospe und heulte sinnlos. Ich landete auf dem Topf nebenan und wir konnten einander ausgiebig betrachten. Bachatow hörte auf zu weinen, steckte einen Finger in den Mund und versuchte, den Nagel abzuknabbern. Aber er hatte nicht genug Zähne, also greinte er erneut los, doch jetzt kannte ich wenigstens den Grund der Tränen. Ich schaute nach unten und sah Bachatows Beine, seine

Füße und die langen Fußnägel mit den schwarzen Rillen, die wie Ornamente aus der Volkskunst aussahen. Die erste Erinnerung meines Verstands.

Als wir sechs waren, kamen wir aus dem Krankenhaus in ein besonderes Internat, das »Girlande« hieß. Es war im Winter. Die Leiterin der Krankenhausabteilung übergab unsere Unterlagen einem Mann, der mit einem dunkelgrünen Kombi vorfuhr, wir wurden in etliche Lagen Kleidung verpackt, bekamen Plinsen mit auf den Weg und ein Mayonnaiseglas voll Apfelmus. Eine Pflegerin, die mehr Mitleid mit mir hatte als die anderen, streifte eine Strickmütze über meinen Buckel. Bachatow erhielt als Geschenk einen weißen Plastikhasen mit verlockenden Schlappohren. Während der Fahrt knabberte er die Ohren des Hasen bis zum Schädel ab, hielt sich sonst aber tapfer und heulte nicht.

Das Internat lag ungefähr dreißig Kilometer vor der Stadt. Es war einmal ein Ferienlager gewesen. Um das einstöckige Gebäude herum standen noch immer Schaukeln aller Art, es gab Volleyballplätze, Basketballkörbe, ein kleines Stadion, Pavillons und einen betonierten Appellplatz mit einem eisernen Fahnenmast. Doch all das sah verfallen aus – die neuen Bewohner des Lagers brauchten nur Betten. In dem Internat waren etwas mehr als hundert Kinder untergebracht: fünfzehn oder zwanzig Downs, ein Dutzend Hydrozephale mit kürbisgroßen Wasserköpfen, Dystrophiker, die Bäuche aufgetrieben wie bei

Spinnen, die Körper atrophiert, Arme und Beine spindeldürr. Von ihnen gab es an die zwanzig Stück, dazu noch jede Menge Oligophrene verschiedenster Grade. Das war die schwachköpfige Besatzung des Sonderinternats »Girlande« – oder »Verstand wie Sand durch die Hand«, wie der Direktor poetisch über uns zu sagen pflegte.

Wir betraten das Gebäude und gingen durch den Korridor bis zu einem Raum mit einer kleinen Plexiglastafel. Der Mann, der uns hergebracht hatte, klopfte hart mit dem Knöchel an die Tür und eine Männerstimme rief: »Herein.«

»Da sind sie«, sagte unser Begleiter.

Der Mann, von dem das »Herein« gekommen war, stand am Fenster, ein Glas in der Hand. Auf seinem Gesicht lag noch die Grimasse, die der Inhalt des Glases hinterlassen hatte, doch allmählich glätteten sich die Lippen. Er beugte sich ein wenig vor, stützte die Hände auf die Knie und fragte beinahe freundlich:

»Wer hat euch denn bloß verloren, Kinder?« Er grinste. »Doch nicht etwa ein Kamel?«

Bachatow heulte fürchterlich los, ich verfiel in ein ebenso grausiges Lachen. Die beiden Erwachsenen tauschten Blicke. Unser Begleitposten fingerte ein Sahnebonbon aus der Tasche und schwenkte es vor Bachatows Nase.

»Und was habt ihr für schöne Namen, wenn man fragen darf?«, wollte der wichtige Mann wissen.

Darauf waren wir einen ganzen Monat lang vorbereitet worden. Von der Leiterin der Krankenhausabteilung beaufsichtigt, hatten wir die Antwort bis zur Automatisierung geübt. Ich trat einen Schritt vor und sagte:

»Alexander Gloster!«

Bachatow, durch das Sahnebonbon besänftigt, nuschelte maulfaul:

»Serjosha Bachatow.«

»Und ich heiße Ignat Borissowitsch«, sagte der Oberste, »wir kommen bestimmt gut miteinander aus, oder? Ich bin hier der Direktor, und alle, alle Kinder müssen mir gehorchen, sonst gibt's gleich ein Spritzchen in den Popo!«

»Es wird Zeit, ich muss los.« Unser Begleitschutz legte die Mappe mit unser beider gesammelten Leben auf den Tisch.

»Gute Fahrt«, sagte der lustige Ignat Borissowitsch und schob die Mappe in einen Safe.

Dann kam eine Pflegerin. Sie zeigte jedem von uns seinen Schrank, wir stopften den Krankenhausplunder hinein und die Pflegerin erklärte, wie wir unsere Schranktüren wiedererkennen konnten. Statt des Mittagessens, das schon vorbei war, aßen wir die Plinsen. Bachatow und ich wurden in einen Schlafsaal gebracht und bekamen Betten zugeteilt. Ob Gesetz oder Zufall, jedenfalls standen sie nebeneinander.

»Ihr seid doch Brüder«, sagte die Pflegerin und die Sache bekam einen Sinn.

Kaum hatte sie das Zimmer verlassen, regte es sich in den anderen Betten und unter den Zudecken krabbelten Kinder hervor. Ein kleiner Junge plumpste auf den Fußboden, robbte auf allen vieren in unsere Richtung und stieß dabei ein Brummen aus: »Dryndyg-dyg-dyg.« Offenbar wollte er mit diesem Lärm das Heulen eines Motors nachahmen. Außerdem konnte mein Blick noch erhaschen, dass die Füße des Krabblers bis auf die Knochen entfleischt und vollkommen leblos waren. Freundlich hupte ich mit den Lippen, denn ich dachte mir, ein Auto müsse man in der Autosprache anreden. Bachatow und ich wurden ohne Zusammenstoß umkurvt. Im Nachbarbett jammerte jemand herzzerreißend »Winnie Puuh! Winnie Puuh!« und wand sich zuckend in einem Anfall.

Ein paar glotzäugige Köpfe reckten sich aus den Kissen. Der älteste Junge begann beruhigend auf die anderen einzureden: »Mama ist Schmeckerchen holen gegangen!« Der Rest war unverständliches Gemurmel. Dann wandte er sich zu mir, schrie plötzlich: »Hab keine Angst!«, und drosch sich ins Gesicht.

Mein Bett gefiel mir sehr, im Krankenhaus hatte es nichts Derartiges gegeben: altväterlich, ein geflochtenes Drahtnetz als Boden und kunstvoll gebogene gusseiserne Kopfteile, auf denen glänzende Kugeln thronten. Ich griff danach und wollte eine Kugel abschrauben, doch meine Finger rutschten über die glatte Oberfläche. Die Kugel saß fest, sie war angegossen, und das sollte sich sogar als Vorteil erweisen – ich hatte eine Beschäftigung für meine nervösen Hände gefunden.

Bachatow suchte immer und überall Trost im Nägelknabbern. Erst ließ er seine Nägel lang werden, dann knabberte er sie ab. Das hatte er sich bereits im Krankenhaus angewöhnt, im Internat festigte sich das Ritual endgültig. Bachatow duldete dabei keine Zeugen, doch ich war der Anfang seiner Erinnerung, ich durfte alles.

Das Ritual fand einmal im Monat statt, in stets gleicher strenger Reihenfolge: Von morgens an wusch sich Bachatow die Hände nicht mehr und fastete. Bei Sonnenuntergang nahm er ein Stück Papier, das er aus der »Komsomolzkaja Prawda« oder einer anderen Zeitung herausgerissen hatte, kehrte das Gesicht zur Sonne und las laut, was darauf geschrieben stand. Dann verdrehte er die Augen, fiel auf die Knie und fing an, den Nagel am kleinen Finger der rechten Hand abzukauen, danach kamen Ringfinger, Mittelfinger, Zeigefinger und Daumen an die Reihe. Die abgeknabberten Nagelstücke mussten unbedingt im Mund verbleiben. Weiter ging es mit der Linken – wieder vom kleinen Finger zum Daumen.

Die zehn durchsichtigen Hornhalbmonde spuckte Bachatow auf die Zeitung. Aus ihrer Lage zog er Schlüsse für die Zukunft. Unter dem Einfluss der Nägel verwandelte sich das Gedruckte in eine Prophezeiung: Bachatow erhielt das Verhaltensprogramm für den nächsten Monat – für sich und für mich. Die Reinheit des Rituals garantierte unsere Sicherheit. Das Ende des Orakels bestand darin, dass sich Bachatow mit schartigen Fingern die Brust zerkratzte und das hervortretende Blut auf die abgekauten Nägel und das Papier tropfen ließ. Danach vergrub er alles unter unverständlichem Gemurmel in der Erde.

Ich wollte tiefer eindringen in das Wesen seiner religiösen Riten, doch Bachatow beschwor mich, es nicht zu tun, denn das sei gefährlich. Ich weiß noch, einmal setzte ich mich darüber hinweg und warf einen Blick auf den Zeitungsfetzen mit den Nägeln. Aus den Augenwinkeln sah ich einen Brunnen, dessen klebrige Schwärze mich am Schopf packte und zu sich hin zog. Ich hörte hinter meinem Rücken schauerliches Hundegeheul und verlor das Bewusstsein. Bachatow brachte mich wieder zu sich. Er sah restlos erschöpft aus. Ich wollte etwas Lustiges von mir geben, stockte aber: Bachatow war förmlich am Verbluten, sein Körper bis auf die Rippen zerfetzt. Dem, was er sagte, entnahm ich, dass er mich damit von dem Brunnen und dem Hund losgekauft hatte. Ich mischte mich nie mehr in Bachatows religiöses Leben ein.

Natürlich fiel es ihm schwer, seine Nägel den ganzen Monat über nicht anzurühren. Er brauchte einen künstlichen Ersatz. Also unternahmen wir insgeheim Ausflüge zu den Müllkippen in der Umgebung. Dort klaubten wir Sektkorken und kleine Kunststoffdeckel zusammen – überhaupt alles, was weich und aus Plastik war. Ich dachte, dass ich Bachatow mit dem

Abschrauben der Bettkugeln beschäftigen konnte. Etwa zwei Jahre lang folgte er lustlos meinem Beispiel, dann ließ er es sein. Seine Begründung: Er könne keinen Sinn darin sehen. Ich erklärte ihm, es läge sehr wohl ein tieferer Sinn darin, das Unabschraubbare abzuschrauben. Bachatow wiegte nur den Kopf und lächelte.

Im Übrigen vergingen unsere Tage ruhig, satt und gleichförmig. Damals ließ sich der Staat unsere Verpflegung pro Tag fünf Rubel kosten. Sonntags gab es Schokolade, wir feierten sogar Neujahr und den 1. Mai. Bei diesen Festen wurden alle Kinder mit ihren Namen angesprochen, nur wer etwas ausgefressen oder in die Hosen gemacht hatte, blieb auf seinem Spitznamen sitzen. Wobei der folgsamen Mehrheit ohnehin völlig gleich war, wie sie angeredet, womit sie gefüttert und wohin sie schlafen gelegt wurde. Weit entrückt von Welt und Wort, existierten diese Wesen jenseits jeder Erreichbarkeit in stummer Versenkung, die ihre trägen Gesichter kaum zu rühren vermochte. Einige Kinder sprachen nicht, sondern gestikulierten. Sie spielten auch auf ganz eigenartige Weise, jedes für sich, saßen reglos da, flüsterten irgendetwas und hielten das Spielzeug starr in der Hand. Ihre Vorstellung lieferte ihnen die Sujets dazu. Fragte man einen solchen Jungen, was er denn sähe, erhielt man zur Antwort: »niedliche Häschen« – und kein Wort mehr. Mit etlichen von ihnen freundeten wir uns an. Sie waren prima: der mechanische Krabbler Tolja Geländewagen, der Wasserkopf Dimka, genannt Knoblauch, und Sulfat Magnium Ibrahim, ein mustergültiger Down, dann noch die wunderliche kleine Katka Kopf Lästig – und wie sie alle hießen.

Sie erloschen still und unauffällig, einer im Schlaf, der andere beim Füttern: Das dünne Hälschen schien zu brechen, der Kopf kippte zur Seite und die Augen erstarrten. Sie starben immer zu zweit, kurz hintereinander. Für jeden fand sich ein Bruder oder eine Schwester im Tod. Wenn die Eltern nicht kamen, um die Leichen abzuholen, begrub man sie auf unserem Friedhof, der sich auf dem Gelände des Internats befand.

Den Friedhof betrachtete Ignat Borissowitsch als besonderes Kleinod seiner Wirtschaft. Aus Pietätsgründen lagen die Gräber so weit wie möglich von den Kinderaugen entfernt. Und aus ästhetischen Gründen waren sie von einer malerischen Parklandschaft umgeben. Ignat Borissowitsch legte größten Wert darauf, dass die kleinen Grabstellen ständig gepflegt wurden.

Den unsinnigsten Tod starb wohl unser Tolja Geländewagen. Wozu man wissen muss, dass er beim Kriechen auch schwierige Strecken spielend bewältigte. Einmal hängte er sich an uns, die wir laufen konnten. Er wollte mit zu einem Spaziergang und geriet dabei in eine alte Müllgrube – das verdammte Loch war ganz von grüner Entengrütze überwuchert.

Tolja Geländewagen hielt es wohl für eine Pfütze und ging unter, wie es sich für eine schwere Metallkonstruktion gehört – stolz und still, ohne Hilfeschreie.

Doch in der Zeit, wo keiner starb, war es lustig bei uns, besonders zu Neujahr. Im größten Schlafraum wurden die Betten an die Wand gerückt und in der Mitte fand die Neujahrstanne ihren Platz. Eine Woche vor dem Fest setzten sich alle hin zum Spielzeugbasteln. Wir schnitten bunte Bilder aus der Zeitschrift »Ogonjok« aus, klebten sie auf Pappe, und die Pflegerinnen zogen kleine Zwirnösen hindurch. Wir übten Gedichte und Lieder ein. Wer konnte, schmückte die Fensterscheiben mit Schneeflöckchen aus Papier. Gegen Abend brachte Ignat Borissowitsch den Fernsehapparat aus seinem Arbeitszimmer und setzte ihn in Gang, das Fest konnte beginnen. Schon vor dem Glockenspiel des Moskauer Kreml zogen wir im Ringelreigen um den Tannenbaum, unterhielten uns und das Betreuungspersonal mit kleinen selbst ausgedachten Darbietungen, oder wetteiferten bei Bewegungsspielen wie »Wer kann Muttis Einkäufe am schnellsten tragen?«. Ignat Borissowitsch gefiel das ausnehmend gut. Er wollte sich totlachen darüber, wie unsere Stirnen zusammenstießen, wenn wir die improvisierten Säckchen mit den Einkäufen der rätselhaften Mutti von Stuhl zu Stuhl schleppten. Dann tanzten wir, begleitet von unserem Musikanten Wlassik. Er fuchtelte mit den Händen, als würde er Ziehharmonika spielen, und quäkte stets das gleiche

Lied: »Wie die tanzenden Entchen heben alle die Händchen«, wozu er mit dem Fuß den Takt stampfte. Wir machten Tanzschritte nach vorn und zur Seite, gingen in die Knie und drehten uns im Kreis – ich kann mir vorstellen, wie drollig das bei mir aussah –, während Ignat Borissowitsch, die Krankenschwestern und alle Sanitäter und Pflegerinnen in die Hände klatschten. Um Punkt neun bekam jeder ein Glas schaumigen Saft mit Früchten darin eingeschenkt und man brachte uns zu Bett. Das neue Jahr begrüßten wir bereits im Schlaf.

An den Wochentagen bekamen wir morgens Bildung verpasst. Unsere Schule, das heißt der Ort, wo der Unterricht stattfand, lag im Erdgeschoss des Internats. Ein Zimmer war zum Klassenraum umfunktioniert worden. Man hatte ein paar alte Bänke – ein Geschenk des Patenbetriebes – hineingestellt und eine Tafel an die Wand gehängt. Die Bänke zierten die Krakel unserer Vorgänger und dank ihrer Kritzeleien fühlte ich mich wie ein richtiger Schüler. Der Unterricht dauerte ungefähr eine halbe Stunde, zudem stand pro Tag nur ein Fach auf dem Plan, damit unsere schwachen Hirne nicht überlastet wurden.

Außer mir und Bachatow besuchten noch sechs andere Kinder die Schule. Ich saß neben Bachatow. Wir lernten nach einem individuellen Programm und waren die Einzigen, die richtige Noten in das Klassenbuch eingetragen bekamen. Die anderen erhielten

»Einsen« aus Pappe. Ich glaube, sie gingen überhaupt nur wegen dieser Spielzeugeinsen hin.

Die Lehrer, die aus der Siedlung kamen, hatten Angst vor uns. Unsere Gesichter, unsere verzogenen Rümpfe, die unverständlichen Stimmen, mit denen wir sprachen, unsere Grimassen und Gebärden stießen sie ab, alles weckte angewiderte Furcht in ihnen. Einmal konnte Bachatow in Mathematik eine Aufgabe lange nicht bewältigen, er mühte sich die ganze Stunde damit ab. Als plötzlich die Erleuchtung kam, und ihm eine Lösung dämmerte, trompetete er fröhlich drauflos und stapfte auf die junge Lehrerin zu. Die fiel in Ohnmacht, so sehr hatte Bachatow sie erschreckt.

Voller Dankbarkeit denke ich an die Aspiranten des Medizinischen Instituts. Ihre Arbeiten beschäftigten sich mit Fragen einer Pädagogik für Geistesschwache. Anderthalb Jahre lang betrieben sie Studien an uns, und in dieser Zeit lernten wir schreiben, lasen Texte aus Büchern und erzählten nach, was wir uns gemerkt hatten. Das alles war sehr interessant.

Dann kamen statt der Aspiranten normale Lehrer und der Literaturunterricht geriet zum Vorlesen von Märchen, die Russischausbildung zum Malen von Strichelchen und Häkchen. Waren die Lehrer Männer, tranken sie mit Ignat Borissowitsch und saßen danach die ganze Zeit stumm am Fenster. Andere wiederum wurden lebhaft und begannen unverhofft mit uns statt über Geographie oder Botanik über das

Leben zu reden, schamlos offen, so als sprächen sie mit dem leeren Raum. In einer Geschichtsstunde erfuhr ich von meinem Namensvetter. Es ging um das mittelalterliche England, die Kriege zwischen Weißer und Roter Rose und den buckligen Herzog Richard Gloster. Viele Jahre später sah ich in Alan Parkers Film »Die Wand« das Duell der Blumen in einer Trickversion, wo es mehr einer Kopulation ähnelte. Mich verblüffte, dass ich mir den Rosenkrieg genau so vorgestellt hatte.

Die Pioniere hatten im Heim eine kleine Bibliothek hinterlassen. Ich las alles. Gedichte gefielen mir sehr, wie überhaupt die Möglichkeit, dass sich etwas reimte. In einem Kinderbuch fand ich unter einer Abbildung den kleinen Vers:

»In das Zimmer trat ein Mann
und bot frische Gurken an.«

Ich weiß nicht warum, aber die Geschichte kam mir ungeheuer komisch vor. Da sitzen die Leute in der Stube, plötzlich macht es »Bauz!«, die Tür fliegt auf, ein Mann kommt hereingetorkelt mit einer Gurke in der Hand und sagt: »Hier, die könnt ihr haben!«.

Immer, wenn mir der Vers einfiel, bekam ich einen heftigen Lachanfall. Die literarische Kraft des Zweizeilers brachte mich sogar nachts auf die Beine und ließ meinen Bauch lautlos beben. Wenn mir beim Mittagessen die urkomische Situation in den Kopf kam und ich gerade mit vollem Munde dasaß, bespuckte ich alle mit Suppe. Leider hatte ich nicht die Kraft, das Gedicht jemandem vorzulesen. Ich gluckste nur Spuckebläschen heraus und erstickte fast vor Lachen. Wurde ich allzu sehr gehänselt, ging ich in ein stilles Eckchen, sprach mir das Gedicht von dem Mann und den Gurken vor und lachte leise.

Ich erinnere mich an die ersten Klänge von Musik in meinem Leben. Bis zum Alter von drei Jahren behielt ich meine Emotionen für mich und galt als ruhiges Kind. Doch eines Tages, nachdem wieder einmal eine Kommission die Abteilung inspiziert und die Leitung dafür abgekanzelt hatte, dass es im Schlafraum der Kinder kein Radio gab, änderte sich alles auf wundersame Weise. Der Heimtischler kam und befestigte über der endlos hohen, unerreichbaren Steckdose ein kleines Regal. Wenig später stellte eine Schwester einen geriffelten weißen Klotz darauf, mit einem schwarzen Rädchen, das aussah wie eine Hundenase. An dem Tag ging es mir nicht gut, wieder einmal ein Anfall von Trübsinn, sie hatten mir allerhand Zeug gespritzt. Und da auf einmal spielte Musik.

Heute scheint mir, dass es Tschaikowski war, ein Ausschnitt aus seinem »Nussknacker«. Unter den Klängen, die von den Wänden herabrieselten, stellte ich mir vor, ich sei gestorben. Die erhabene Größe der Musik verklärte sich zur Ansicht meiner eigenen wunderbaren Leiche, und in diesem toten Abbild meines Ichs, in jeder Note klangen der Schmerz und die Süße meines Rückens. Ich lauschte nicht mit den Ohren, sondern mit meinem Denken, das die Leere des Buckels kühlte. Mein gekrümmtes Fleisch fühlte sich der Musik verwandt, wollte ihr buckliges Behältnis werden.

Ich spürte die ganze Lebensschwere dieses auf den Rücken geschleuderten Bauchs, der nun mit einem wundersamen Nistling schwanger ging. Kaum in meinen Buckel eingedrungen, begann er die gehörten Töne zu intonieren. Ein Weinkrampf zog meine stets trockenen Augen zusammen, ich begann zu schluchzen – und das nur deshalb, weil in meinem fleischigen musikalischen Zentrum ganz für sich, unhörbar für die Welt, eine winzige Orgel spielte. Es war der Schmerz des ersten Atemzugs nach der Geburt, die erste einschneidende Weitung der Lungen.

Von dem Augenblick an verbrachte ich alle Zeit, die mir die Freundschaft mit Bachatow ließ, vor dem Rundfunkempfänger. Das Personal hatte für meine sinfonische Leidenschaft nur Spott übrig. Wenn sie mich aufmerksam und in gebeugter Haltung vor dem Apparat sitzen sahen, sagten sie, der Bucklige hört nicht Radio, sondern belauscht uns.

Ich verspürte das Bedürfnis nach etwas, das mir die Töne abnahm, zog Melodien aus allem, was klirren, klingeln oder klimpern konnte und spielte auf Kämmen, Stecknadeln, Tischen und Blechbüchsen. Eines Tages aber kam mir etwas Richtiges unter die Finger.

Ich, Bachatow und noch etwa fünfzehn andere Kinder durften sich nämlich relativ frei im Internat bewegen. Ich war schon groß, dreizehn Jahre alt, als ich bei einer Erkundungsreise in einem entfernteren Flügel des Gebäudes auf eine unbekannte Tür stieß. Dahinter lag ein Abstellraum. Außer zerbrochenen Stühlen, umgekippten Tischen, verstaubten stoffbespannten Wandzeitungen und Pionierkram stand dort noch ein Klavier. Ich fegte den Plunder herunter, der sich darauf türmte – Lappen, Porträts irgendwelcher Bartträger und Gymnastikreifen –, fand einen Stuhl mit abgebrochener Rückenlehne, der wie für mich gemacht schien, und setzte mich an das Instrument.

Natürlich hatte ich eine Vorstellung, wie man Klavier spielt: so wie der Komponist Raimond Pauls im Fernsehen. Der tauchte die Hände förmlich in die Klaviatur ein, um sie dann von einer Seite zur anderen zu schwenken, als wolle er sie abspülen. Das sah sehr schön aus.

Das Klavier erinnerte an einen Leichenwagen. Vorsichtig hob ich den Deckel des musikalischen Sargs und vor meinen Augen lagen seine von der Zeit vergilbten Gebeine. Ich berührte sie mit den Händen, ließ die Finger über jedes Knöchelchen gleiten und merkte mir seinen Klang. Es interessierte mich nicht, ob die Saiten gestimmt waren. Ich brauchte keine musikalische Stimmigkeit, ich wäre mit jedem Durcheinander von Tönen, mit jedem Wirrwarr klargekommen. Als ich mir die Klangmöglichkeiten aller Tasten eingeprägt hatte, begann ich die Klötzchen niederzudrücken, kombinierte – von eins bis zehn – Anzahl und Tiefe der Anschläge. Das Instrument unterwarf sich mir willig, soweit es in seinen verstimmten Kräften stand. Die Geschwindigkeit, mit der mein Fingerdruck melodische Gruppen zusammenfügte, ließ zu wünschen übrig, doch nach einem halben Jahr konnte ich jede Phantasie meines Buckels spielen.

Einer der Pflegerinnen kam mein Geklimper zu Ohren. Sie erstattete Ignat Borissowitsch Bericht. Der wollte es nicht glauben und bat mich, für ihn zu spielen. Ich bot ihm eine Improvisation, etwas Frühes, eine Variation zum Thema »Eine Stunde auf dem rostigen Nachttopf nach Weizengrütze mit einem Würfel Aminasin«. Ignat Borissowitsch lauschte und lachte ein bisschen. Ich fragte ihn, ob ich zum Üben herkommen dürfe. Er sagte nein und fügte in scherzhaftem Ton hinzu:

»Wenn du aufhörst, einen Buckel zu machen, schenke ich dir ein Akkordeon.«

Zerrissen von meiner Gier nach Musik, übertrat ich sein Verbot und schlich schon am nächsten Tag wieder in die geliebte Abstellkammer. Aber das Klavier war für immer verschwunden.

Doch Ignat Borissowitsch erbarmte sich meiner und ich bekam das Akkordeon. Ich beherrschte es nach wenigen Stunden. Von nun an spielte ich bei allen Festen an Wlassiks Stelle. Nicht gerade mit glänzendem Erfolg – die Kinder hatten sich eben an ihn gewöhnt. Doch wenn eine Kommission vom Bezirk kam, war ich unersetzlich. Ignat Borissowitsch präsentierte mich als Beispiel für den Qualitätssprung in der Arbeit der ganzen Anstalt. Allerdings warnte er mich jedes Mal, ich solle etwas Einfaches spielen, ungefähr zwischen dem »Kleinen Zeisig« für Hosenmätze und einer patriotischen Hymne von Alexandra Pachmutowa.

Allmählich verschlechterte sich das Leben im Internat. Ich weiß noch, wie fünfundachtzig Gorbatschow Generalsekretär wurde – sein Name bedeutet ja »Buckelmann«. Alle zogen mich auf: »Dein Papi! Der kommt bald und holt dich nach Hause …« Aber er kam nicht.

Im gleichen Jahr zeigte mir mein Körper, dass ich gereift war. Wenn mich die Pflegerinnen badeten, erregte mich das. Die Frauen begutachteten seufzend meine überraschend anschwellende, sperrige »Wirtschaft«: »Was braucht der Schwachkopf bloß so viel«, und beratschlagten, ob im Ernst oder aus Jux, ob sich nicht mal eine mit mir hinlegen solle. Und dann sagten sie noch, auf einem Buckligen lasse sich schaukeln wie auf einem Briefbeschwerer.

Bei mir stellte sich die Liebe ein: zu der kleinen Nastenka, dem geistesschwachen Hälmchen, ein. Sie war mit zehn Jahren zu uns gekommen. Ihre Eltern wollten sich lange nicht von ihr trennen, sie sah so wunderschön aus, aber wie tot. Nastenka konnte nicht leben, lag stumm da, weinte keine Träne und bat nie um Essen. Jahr um Jahr verbrachte sie mit geschlossenen Augen, auch Licht brauchte Nastenka nicht. Nachdem ich sie einmal gesehen hatte, ging ich oft in ihr Zimmer, setzte mich neben sie und sprach mit ihr. Ich sagte, ich wolle der Pflegerin helfen. So durfte ich Nastenka füttern und die nassen Laken wechseln. Ich kämmte ihre Haare, rieb die Haut mit einem feuchten Mulltuch ab, viele Jahre lang. Ich beobachtete, wie ihr Körper wuchs und ihr Gesicht erwachsen und immer schöner und verständiger wurde. Schlafende Weisheit schien in Nastenka verborgen zu liegen. Ihre Schönheit nährte die Täuschung. Das Trügerische dieses Reizes und Nastenkas innere Leere beunruhigten mich nicht. Es gab einen makellosen Körper, dem alles Pathologische fremd war und der bei entsprechender Pflege noch ein halbes Jahrhundert überdauern konnte.

Ich fragte Bachatow, ob meine Begegnungen mit Nastenka einen Sinn hätten. Bachatow, von mönchischer Wesensart, antwortete ausweichend in verschwommenen Bildern. Und ungern. Er verstand nicht, wie jemand, der sein Leben dem Abschrauben von Bettkugeln gewidmet hatte, für etwas anderes Zeit verschwenden konnte. Und tatsächlich hatte ich wegen Nastenka vieles aufgegeben. Ihre innere Ruhe lehrte mich Geduld und Demut. Ich liebte es, Nastenka mit dem Mund zu berühren, die Empfindsamkeit der Lippen überstieg die Feinnervigkeit der Finger. Die Lippen fühlten intensiver – und zu den neuen Wahrnehmungen trat der Geschmack. Ich nährte mich von Nastenka, nahm sie in mich auf wie Medizin. Sie gab süße Reinheit von sich, die ich ableckte, um zu überleben und nicht wahnsinnig zu werden.

Meine Verliebtheit wurde zum Gegenstand des Gespötts: Das alte Personal war durch neues ersetzt worden: junge Leute ohne Prinzipien, denen nichts heilig war. Sie richteten für mich und Nastenka sogar eine gespielte Hochzeit aus. Auch die Ärzte langweilten sich, und so hatten alle Gelegenheit zu trinken, zu tanzen und »Küsst euch!« zu rufen. Bachatow war mein Trauzeuge, für Nastenka fand man eine halb verrückte Freundin. Alle von uns, die sitzen konnten, wurden um die Festtafel platziert. Sie glaubten, sie wären auf einer richtigen Hochzeit und freuten sich, und ich glaubte es beinahe auch. Die böse Farce endete damit, dass uns die betrunkenen Sanitäter zum Schlafen trotzdem in verschiedene Zimmer brachten.

Eines Tages aber erkannte ich Nastenka nicht wieder. Ihr Geschmack hatte sich verändert, war ein wenig bitter geworden und würzig, ich würde nicht sagen unangenehm, aber anders.

Auch ihr Gesicht hatte sich verändert. Es lag ein Geheimnis darin und zwischen den Lippen nistete etwas, das wie ein Lächeln aussah, aber auch etwas

Lasterhaftes besaß. Der Körper war gleichsam ausgefüllt mit Irdischem, die Vergeistigung vergangen, die – wenn auch trügerische – Weisheit verschwunden. Wie hatten sie Nastenka heimlich austauschen können? Ich verstand es nicht und zermarterte mir den Kopf: Was war passiert? Mir kam der Gedanke, dass die Veränderungen mit Nastenka in meiner Abwesenheit, nachts, vor sich gehen mussten, denn am Tag wich ich ja nicht von ihrer Seite. In der nächsten Nacht blieb ich wach.

Als kraft der Schlaftabletten ringsum alles ruhig geworden war, stand ich leise auf, spähte in den Korridor, wo ebenfalls Stille herrschte, und schlich in Nastenkas Zimmer. Außer Nastenka lag dort noch Petka, ein Dystrophiker. Man hatte ihn vorübergehend bei Nastenka untergebracht, weil alle Mädchen aus ihrem Zimmer gestorben waren und es also Platz gab. Ich schlüpfte zu Petka unter die Decke und hielt den Atem an in meinem Versteck. Bald waren vorsichtige Schritte und gedämpfte Stimmen zu hören. Zwei Sanitäter kamen herein, Wowtschik und Amir, beide gehörten zum neuen Personal. Flüsternd gingen sie zu Nastenka. Wowtschik zog ihr die Bettdecke weg, dann entkleideten sie das Mädchen. Mir schien sogar, dass die sonst so unbewegliche Nastenka ihnen dabei half.

Wowtschik bemerkte vertraulich:

»Wenn was ist, sagen wir, sie hätte eingepisst und wir mussten das Nachthemd wechseln.«

»Vielleicht lassen wir es lieber?«, fragte Amir zaghaft.

»Blödmann!«, schimpfte Wowtschik, »eine bombige Gelegenheit, sage ich nur. Sieh dir bloß die Titten an!«

Er quetschte Nastenkas Brüste zwischen den Fingern.

»Wahnsinn ... Fühl doch mal!«

Amir berührte Nastenka vorsichtig.

»Toll – und jetzt?«

»Steh Schmiere, ich löse dich dann ab«, sagte Wowtschik und knöpfte sich die Hose auf.

Das, was darin verknotet schien, richtete sich auf und wippte. Wowtschik spreizte Nastenkas kraftlose Beine und legte sich auf das Mädchen. Mit der Hand brachte er seine Anspannung in Position und begann, vor- und zurückzurucken, dabei stieß er unartikulierte Laute aus wie Wlassik. Dann schüttelte ein konvulsives Zittern seinen Körper. Er jaulte auf »U-uch, verfotzt!« – und kroch von Nastenka herunter. »Jetzt du«, sagte Wowtschik, »wir tauschen die Plätze.«

Wowtschik bezog an der Tür Posten und Amir legte sich zum Rucken auf Nastenka. Wenig später heulte auch er auf.

»Und du hattest Schiss, Blödmann!«, sagte Wowtschik mit einem schiefen Lachen.

Geschickt zogen sie Nastenka wieder an, deckten sie zu und gingen.

Ich kroch aus meinem Versteck. Mir dämmerte, was geschehen war, doch ein Begreifen blieb aus – vor allem wegen der schwer lastenden Erregung im unteren Teil meines Ichs. Ohne zu verstehen warum, ging ich zu Nastenka, schob das Deckbett beiseite, zog sie aus und legte mich dann so auf sie, wie ich es bei den Sanitätern gesehen hatte. Lange konnte mein harter Vorsprung die Stelle nicht finden, doch plötzlich schien er in feuchtes Feuer einzutauchen und ich begriff, dass Nastenka dieses süße Brennen spürte. Ich weckte es wieder und wieder und konnte nicht aufhören, bis ich mich heulend entleerte.

Ich lag auf ihr wie eine umgeworfene Harfe. Mit unsichtbaren Händen hatte Nastenka alle Saiten zerrissen, der innere Musikant war verstummt. Ich begann zu weinen vor gierigem Verlangen nach Nastenkas Körper, wegen der Leere in Buckel und Kopf und der Ödnis in meiner Seele. Ich hüllte die benutzte Nastenka in die Bettdecke und schlurfte in mein Zimmer.

Bachatow war wach. Ich sagte zu ihm:

»Sie hat meine ganze Kraft ausgesogen, sie hat die Sanitäter zu sich gelassen. In mir sind keine Töne mehr, ich habe die Erinnerung daran verloren. Dafür haben sich die Sanitäter in mir breit gemacht und gehen nicht mehr weg, sie fressen mich von innen auf!«

Bachatow zeigte seine anderthalb Wochen alten, schwächlichen Fingernägel. Erst nach zweieinhalb

Wochen vertrieb er die Sanitäter aus meinem Inneren und gab mir die Töne zurück. Bis dahin sah ich nachts bleiche Würmer.

Eines Tages musste sich Nastenka urplötzlich übergeben. Was man ihr auch zu essen gab – immer das Gleiche. Sie wurde weggebracht und lange untersucht. Ich lief ruhelos umher, dann prophezeite Bachatow auch noch weiß der Teufel was. Manchmal sah ich Wowtschik und Amir in die Augen, wollte darin lesen, was mit Nastenka war. Sie wichen meinem Blick aus und wandten sich ab, ebenfalls nervös.

Die Untersuchung ergab eine Schwangerschaft. Sie kamen mich holen, gaben mir zuerst eine Spritze, banden mir dann die Hände so fest zusammen, dass es schmerzte – wobei sich Wowtschik und Amir besonders hervortaten –, und brachten mich zum Verhör zu Ignat Borissowitsch. Die Schwangerschaft warf ein schlechtes Licht auf das ganze Internat, es kostete Ignat Borissowitsch gewaltige Anstrengungen, die Sache nicht bis zum Bezirk vordringen zu lassen. Er rief das Ärztekonzilium zusammen.

Ich brauchte den Schwachkopf nicht einmal zu spielen, man hielt mich dafür. So konnte ich sie von der Fährte abbringen, indem ich dumme, treuherzige Antworten gab. Hartnäckig versuchten sie aus mir herauszulocken, ob ich masturbiere. Schwestern und Pflegerinnen bestätigten: Nein. Weiter ging es mit ähnlichem Blödsinn. Schließlich schob man die ganze Schuld auf den Dystrophiker Petka, der glücklicherweise zwei Tage vor dem improvisierten Tribunal gestorben war. Mir wurde vergeben, meine Fessel gelöst. Wowtschik und Amir hatten mich vorschieben wollen – der da, die bucklige Sau, der muss es gewesen sein! Als nun Petka das Ganze abbekam, beruhigten sie sich.

Nastenka starb ein paar Tage später, nach einem eiligen, stümperhaften Abort. Ich ging in mein Zimmer und auf dem Höhepunkt der schmerzlichen Gefühle löste ich die angegossenen Eisenkugeln von den Bettpfosten, deren Zierde sie lange Jahre gewesen waren. Zuerst wollte ich nicht glauben, dass ich es geschafft hatte. Aber auch in ein paar anderen Zimmern standen noch Betten mit schmiedeeisernen Kopfteilen, nur dass darauf keine Kugeln, sondern Zapfen thronten. Ich riss sie alle ab.

So verwitwete ich – nicht richtig natürlich. Nastenkas Leiche bekamen die Eltern, die sie mitnahmen und auf einem Menschenfriedhof bestatten wollten. Man verheimlichte ihnen die wahre Todesursache, sagte: innere Blutungen. Kurz nachdem Nastenka gestorben war, fand ich in der Wäschekammer ein blutbeflecktes Betttuch. Ich überlegte nicht lange und entschied, dass es Nastenka gehört haben musste. Ich nahm das Laken und begrub es anstelle von Nastenkas Körper auf unserem Friedhof – ich wollte einfach zu ihrem Grab gehen können. Nach ein paar Monaten erlosch der Schmerz, nur manchmal krampfte sich mein Herz noch zusammen.

Eines Nachts bekam ich Lust, Akkordeon zu spielen. Auch Bachatow war munter und schloss sich mir an. Die Heimleitung hatte mir vor kurzem in einem Seitenflügel ein abgelegenes Kämmerchen zugewiesen, wo ich üben konnte, ohne jemanden zu stören. Bachatow legte sich zum Schlafen auf ein paar Lumpen, ich setzte mich hin und spielte.

Schritte ertönten, dann hörte ich Wowtschiks Stimme:

»Gloster – Schwanz im Komposter, Schluss mit dem Gedudel um Mitternacht!«

Ich setzte das Akkordeon ab und wandte mich Wowtschik zu. Etwas in meinem Gesicht ließ ihn auf der Hut sein und er fügte hinzu:

»Oder willst du eins in die Fresse?«

Mechanisch schüttelte ich den Kopf. Bachatow erwachte. Stets loyal und gehorsam, sah er mich jetzt so ketzerisch an, als würde er etwas von mir erwarten. Ich fragte nach allem zugleich:

»Was ist?«

»Die Kugeln«, sagte Bachatow lächelnd. Er betrachtete Wowtschik, als sähe er ihn zum ersten Mal. Meine Augen hatten gleichsam ihre Sehkraft verloren. Ich hockte mich hin und scharrte blind mit den Händen über den Boden.

»Hoch mit dir, du verfickte Sau!«, tönte Wowtschiks Stimme, »und marsch ab ins Zimmer, alle beide!«

Das dunkle Kämmerchen erstrahlte plötzlich. Ich dachte, jemand hätte eine Taschenlampe angeknipst

– der Dienst habende Arzt vielleicht. Ich hob den Kopf und erstarrte verzaubert. Es war Wowtschik, der leuchtete. Die blitzende, funkelnde Struktur des Lichts löste seinen Körper und seine Kleidung auf. Ich sah ihn, als bestünde er aus unzähligen farbigen Granulaten, jedes Einzelne so herrlich wie das Auge eines Insekts.

»Die Kugeln«, wiederholte der lichtsichtige Bachatow leise.

Wowtschik ragte über mir empor – eine Gestalt ganz aus Glitzerkügelchen.

Gierig schoben sich meine Hände zu Wowtschik hin und begannen gewohnheitsmäßig, Kugel um Kugel abzuschrauben. Wowtschik schrie auf, aber es war kein Schrei, nur ein durchdringender Lichtstrahl lohte aus seinem Mund wie ein Scheinwerfer. Er flammte noch ein Mal auf und noch ein Mal und erlosch dann. Wowtschik verglühte. Eine nach der anderen brannten die Lichtkugeln durch und zerplatzten wie Limonadebläschen. Auf dem Fußboden lag ein lebloser Fleischklumpen, daneben, wie Fähnchen bei einer Maidemonstration, blutige Fetzen Haut.

Offenbar hatten wir doch Lärm verursacht. Amir betrat die Kammer – und wollte gleich wieder fliehen. Ich grub meine gespreizten Finger in seinen Rücken und drang bis zur Wirbelsäule vor. Amir stürzte, kroch aber weiter Richtung Tür und umklammerte mit beiden Händen die Schwelle. Einem tierischen Jagdinstinkt folgend, packte ich ihn am Bein und riss daran, bis es knirschte und knackte. Wie eine Eidechse ließ Amir sein Bein hinter sich. Ich zog ihn weiter zu mir. Plötzlich verließen den Sanitäter die Kräfte, er wälzte sich auf den Rücken und stieß abgerissen hervor: »Du bist geliefert, Gloster, kapiert?« Er stopfte das abgerissene Bein wieder in die Hose und kroch mit ihm zusammen zur Wand.

»Ruf einen Arzt, du Hund«, sagte er zu Bachatow. »Worauf wartest du noch?«

Der Schweiß auf seinem Gesicht mischte sich mit Tränen. Amir sah mich an. Sein Blick schien auszutrocknen, als er mit kindlicher Kränkung flüsterte: »Geliefert …« Der Schmerz rann aus seinen Zügen, sie wurden ruhig und starr.

Wir schleppten die Leichen in die hintere Ecke der Kammer und warfen Lumpen darüber. Ich war mir bewusst, dass ich etwas Böses getan hatte. Aber mein verfluchtes Gewissen quälte mich nicht, ebenso wie ich früher von Eifersucht verschont geblieben war. Ich hatte die Sanitäter nicht aus Rache umgebracht, sondern eher aus einem Gefühl des Staunens heraus. Es war einfach die Entdeckung einer Möglichkeit.

Ich schlug Bachatow vor, die Burschen in kleine Stücke zu zerlegen und hinter dem Internat zu vergraben. Bachatow sagte, erstens sei ihm egal, ob zerlegt oder nicht, und zweitens bräuchten wir nichts zu verbuddeln. Er versprach in paar Tagen alles ohne meine Hilfe wegzuräumen.

Ich gab mir Mühe, nicht an das Geschehene zu denken. Zwei Tage darauf kaute Bachatow seine Nägel ab – und die Körper verschwanden. Als ich nachsah, fand ich nicht das kleinste Blutströpfchen. Die Leichen schienen sich in Luft aufgelöst zu haben. Da ich nicht an Übersinnliches glaubte, dachte ich, der verschlossene Bachatow habe die Körper in irgendwelchen Erdlöchern vergraben, die er schon lange vor der Vergeltung ausgehoben hatte. Vielleicht auch in den alten Müllgruben versenkt, die oberflächlich mit Kalk bestreut, in Wirklichkeit aber abgrundtief und grausig waren. Ich fragte Bachatow, wohin die Sanitäter geraten seien. Zunächst wich er einer Antwort aus. Was er dann sagte, trieb mir Schüttelfrost über den Leib.

»Einen habe ich dem Brunnen gegeben, den anderen hat der Hund gefressen.«

Offenbar war er bestrebt, mich von der Wahrheit fern zu halten, doch ich wollte sie sowieso nicht mehr wissen. Man suchte kaum nach den Sanitätern, jedenfalls nicht innerhalb des Internats. Es kursierte das Gerücht, sie seien eigenmächtig in die Siedlung zur Diskothek gegangen und von dort nicht zurückgekehrt. Im nahe gelegenen Fluss wurden keine Leichen gefunden. Man schrieb eine Fahndung aus und vergaß die beiden.

Im Frühjahr wurden wir achtzehn. Ohne je Prüfungen abgelegt zu haben, bekamen Bachatow und ich ein Papier, das uns – mit Einschränkungen aufgrund mangelnden Intellekts – den Abschluss von acht Mittelschulklassen bescheinigte. Man wollte uns in die Stadt schicken, zur Ausbildung in einer Berufsschule. Eine Kommission untersuchte uns und befand, wir seien geistig intakt, sozial ungefährlich und gehörten in die Gesellschaft von Menschen. Diese Entscheidung stand unter dem Diktat gleich mehrerer Gründe. Im letzten Jahr waren viele Heiminsassen gestorben und neue wurden nicht aufgenommen. Man hätte sie sowieso nicht durchbringen können – das Internat war bettelarm. Die schweren chronischen Fälle kamen woanders hin, unser Gebäude aber ging an eine andere Behörde über.

Ignat Borissowitsch ließ einen schüchternen Fotografen holen. Der machte einen möglichst großen Bogen um uns, postierte uns vor einem schäbigen dunkelblauen Hintergrund, brachte seinen Apparat zum Klicken und verschwand. Eine Woche später sahen wir die Bilder – nicht gerade berauschend. Bachatow war unsäglich schlecht getroffen und ich wirkte überrumpelt. Sogar Ignat Borissowitsch wollte, dass man uns ein zweites Mal fotografierte und sagte, solche Passbilder würden in der Meldestelle nicht angenommen. Aber man nahm sie.

Wie zwölf Jahre zuvor rüstete man uns für die Reise, nur dass ich dieses Mal selbst die Strickmütze über meinen Buckel zog. Die Wäscheverwalterin gab braune Kleidung aus. Ignat Borissowitsch schenkte jedem »fünf Tropfen« ein und hielt eine schwülstige

Rede, in der er mich und Bachatow flügge gewordene Vogeljunge nannte und der Hoffnung Ausdruck verlieh, wir vermöchten das Schiff des Verstandes mit Würde durch alle Riffe der Geistesschwäche in den Hafen materiellen Wohlergehens steuern. Selbst im Augenblick der Trennung musste er den Hanswurst spielen. Immer wieder schielte er hinüber zu dem Personal, das gekommen war, um sich zu verabschieden, und deklamierte pathetisch:

»Gott ist mein Zeuge, ich habe es nicht gewollt!«

Fragt sich nur, was er nicht gewollt hatte – Blödsinn reden oder die beiden Schwachköpfe in die Stadt schicken, ihrem sicheren Untergang entgegen.

Es kam kein Auto um uns abzuholen und wir gingen zu Fuß zur Vorortbahn. Ignat Borissowitsch hatte telefonisch darum gebeten, dass man uns in der Stadt in Empfang nahm, aber wir sahen niemanden. Brave Kinder, die wir waren, blieben wir bis abends auf dem Bahnsteig stehen in der Hoffnung, es würde doch noch jemand kommen, dann machten wir uns auf den Weg zu dem Wohnheim, von dem Ignat Borissowitsch gesprochen hatte. Ich versuchte, den Passanten einen Zettel mit der Adresse zu zeigen. Aber sie sahen nicht hin, winkten unwirsch ab und gingen rasch vorbei.

Nein, das war nicht der Empfang, den wir erwartet hatten. Schließlich glaubten wir auch zur Stadt zu gehören. Als es dunkel wurde, musterte ich Bachatow im nächtlichen Licht der elektrischen Lampen und mir dämmerte etwas. Ich überredete ihn, sich nicht vom Fleck zu rühren und versuchte erneut, die Leute anzusprechen, aber es brachte nicht mehr als vorher. Kaum dass sie mich sahen, machten sie einen weiten Bogen.

Wir aßen Abendbrot aus unseren Vorräten und suchten weiter. Ich machte Halt bei einem Kiosk, der statt Zeitungen Lebensmittel verkaufte, schob mein Gesicht in das Fensterchen und spähte hinein. Das nette junge Mädchen, das in dem Kiosk saß, legte gleich die Zeitschrift beiseite und fragte:

»Was möchten Sie?«

Ich wurde verlegen und antwortete völlig daneben:

»Nichts.«

Das Mädchen zog das Lächeln ein und sagte gereizt:

»Spiel hier nicht den Blödmann! Kauf was oder hau ab …«

Keinesfalls wollte ich wie ein Dummkopf aussehen. Schließlich hatten wir Geld, und nicht zu wenig – jeder einhundert Rubel. Auf einem Blatt Papier stand fein säuberlich aufgelistet, was wir dafür kaufen sollten. Wenn wir uns an die Liste hielten, würde die Summe für zwei Monate Essen reichen. Danach gab es Rente – wir waren immer noch Invaliden der dritten Gruppe – und Lehrlingsgeld. Ich kramte in der Hosentasche, zog das Blatt mit unserem Verpflegungsplan heraus und schob es durch das Fensterchen. Ich war überzeugt, das Mädchen würde alles lesen und wieder lächeln.

»Ich bin doch keine Feinkosthandlung«, zischte die junge Verkäuferin.

»Was denn dann?«, fragte ich mit aufrichtigem Bedauern.

»Bist du krank oder bekifft?« Das Mädchen schlug das Fenster zu.

Ich wollte ihr alles erklären, ging um den Kiosk herum und öffnete die rückwärtige Tür, doch auf der Schwelle begann ich vor schrecklicher Aufregung zu stottern. Als mich die Verkäuferin sah, kreischte sie los. Ich begriff nichts, machte kehrt, aber das Mädchen kam hinterher und schrie in einem fort:

»Serjosha! Serjosha!«

Als Erster reagierte Bachatow, der aus der Dunkelheit auftauchte wie ein Gespenst. Dann kam der gerufene Serjosha – ein strammer Mann in einer schwarzen Lederjacke. Hoffnungsvoll sah ich ihn an und kramte den Zettel mit der Adresse hervor.

»Die da! Die da!« Das Mädchen stürzte zu Serjosha und zeigte mit dem Finger auf uns. Ich grinste über das Missverständnis und suchte nach den ersten Worten. Entschlossen packte Serjosha die junge Verkäuferin und schob sie hinter seinen Rücken. Bachatow, der sich selbst zum Ritter ernannt hatte, deutete diese Bewegung als Bedrohung für das Mädchen. Er glaubte noch immer, die Verkäuferin habe ihn gerufen, deshalb riss er den Arm hoch und stampfte mit dem Fuß auf, um Serjosha zu vertreiben.

Nun geschah etwas Unerwartetes. Plötzlich hatte Serjosha ein Ding in der Hand, das aussah wie ein Gummischlauch, und ließ es auf Bachatows Kopf niedersausen. Der gutmütige Bachatow, der keiner Fliege etwas zu Leide tun konnte, ging zu Boden. Meine Verblüffung wich augenblicklich heller Wut. Ich packte den Schlauch und riss ihn in der Mitte entzwei. Aber das war gar kein hohler Schlauch, sondern ein Knüppel aus schwerem Fließgummi. Ich schleuderte dem bösartigen Serjosha die beiden Enden ins Gesicht.

Die junge Verkäuferin drehte sich plötzlich um und lief davon. Nach kurzem Zögern rannte ihr Verteidiger hinterdrein. Ich inspizierte den staubbedeckten Bachatow, der zum Glück nicht viel abbekommen hatte. Nur eine Beule schwoll auf seiner Stirn. Ich klopfte ihm den Schmutz ab und wir trotteten weiter.

Nach einer Weile fiel mir ein, dass ich den Zettel mit unserem Verpflegungsplan in dem Kiosk liegen gelassen hatte. Wir kehrten um, konnten den Kiosk aber nicht mehr finden. Wir übernachteten auf einer Sommerbühne im Park. Am nächsten Morgen machten wir uns daran, die Stadt zu erkunden.

Was man mit Geld anfangen konnte, wussten wir. Oft war ich für Ignat Borissowitsch in der Siedlung Zigaretten und Bier kaufen gegangen und auch Bachatow, versteht sich, hatte Botendienste leisten müssen. Das Problem war nur, dass wir stets eine abgezählte Summe mitbekommen hatten, eine Hand voll Kleingeld zum Beispiel, damit lief ich dann zum Ladentisch und sagte: »Eine Schachtel ›Lyra‹ bitte!« Neben den Zigaretten bekam ich obendrein immer ein paar Karamelbonbons herübergereicht. Wir hatten also nur eine fiktive, verschwommene Vorstellung von Preisen als komplexer ökonomischer Erscheinung und konnten deshalb nicht mit Geld umgehen.

Erst gegen Abend hatten wir halbwegs gelernt, eine Beziehung herzustellen zwischen der Ziffer auf dem Preisschild und der Geldmenge in unserer Tasche. Anfangs hielt ich im Brotladen und im Milchgeschäft der Kassiererin gleich unsere gesamte Barschaft hin, um nicht wie ein Kind auszusehen, das mit Spielmünzen oder Bonbonpapier bezahlt. So konnte es nicht weitergehen. Wir dachten uns eine riskante, aber wirkungsvolle Art des Bezahlens aus, die sich in den Süßwarenläden bewähren sollte. Bachatow tat, als käme er vom Mond, verlangte etwas und gab der Verkäuferin ein bisschen Kleingeld. Wenn sie guckte, als wolle sie ihn umbringen, kam ich schnell mit dem Papiergeld heran und legte, ihre Reaktion beobachtend, einen Schein nach dem anderen auf den Ladentisch, bis sie uns die Ware herausgab. Hinterher zählten wir das Restgeld und überlegten. An diesem Tag hatten wir uns mächtig verausgabt, dafür aber auch viel gelernt. Ich wusste mittlerweile genau, wie viel eine

Eiswaffel, eine Flasche Limonade oder eine Pastete mit Kartoffelfüllung kostete.

Die unzähligen Fahrzeuge, die wir bisher nur auf Bildern oder im Fernsehen gesehen hatten, überwältigten uns restlos. Mehrere Stunden lang fuhren wir einfach Straßenbahn. Ich setzte mich auf einen roten Sitz oder auf einen grauen, neben das Fenster oder an den Gang, auf eine Doppelbank oder einen Einzelsitz. Wir wären noch länger gefahren, aber wir fielen allmählich auf.

An den Kreuzungen verrenkten wir uns fast die Hälse, wenn sich unsere Blicke nicht von den ausländischen Automarken lösen konnten. Bachatow nannte sie alle »Mercedes-Benz«, das war der einzige fremde Autotyp, den er kannte. Ein Wunder, dass wir nicht unter die Räder gerieten, denn die Regeln des Straßenverkehrs assoziierten sich bei mir mit den Illustrationen in einem Kinderbuch: Ein Ampelmännchen, das aussieht wie ein Verkehrspolizist, geleitet eine Gruppe Knirpse über die Straße und zwinkert dabei mit seinem grünen Auge.

Diesmal übernachteten wir woanders – im heimeligen Keller eines alten Hauses. Die Stadt war so überwältigend und allmächtig, dass sie uns ganz nach Belieben bestrafen oder begnadigen konnte, ohne Vorwarnung. In den trockenen Ecken des Kellers lagen alte Matratzen, und an einigen Nägeln hingen fadenscheinige Kleidungsstücke. Wir fanden sogar Geschirr und Essenreste.

Nachts wurden wir wach, weil Leute kamen. Sie zündeten eine Kerze an und ich sah, dass die Besitzer des Kellers nicht mehr jung waren oder vorzeitig gealtert sein mussten. Auch eine Frau gehörte dazu, doch sie unterschied sich wenig von ihren Kavalieren.

Die Leute hatten tatsächlich alle das gleiche Gesicht – so wie sonst nur Downs. Die seltsamen Wesen waren weder erbost noch erfreut über uns. Mir schien, sie würden gar nicht wirklich an unsere Anwesenheit glauben. Ihr Bewusstsein befand sich irgendwo in der Ferne und lenkte von dort hin und wieder die Körper. In ihrem Verhalten und ihrem schläfrigen Verhältnis zum Leben war eine unvorstellbare geistige Entrücktheit zu spüren. Früh am Morgen standen sie auf und gingen, in ihrer gurrenden Taubensprache leise Worte wechselnd. Abends kehrte einer weniger zurück und ihre Stimmen klangen traurig.

Ich wollte ihnen Brotkrumen hinstreuen wie man es bei Vögeln tut. Bachatow trug einen halben Beutel Brezeln zu den Ärmsten. Die Brezeln nahmen sie, doch ihn bemerkten sie gar nicht, so als hätten ihre Augen die Fähigkeit verloren, einen Menschen auszumachen. Überhaupt wohnte der ganzen Gestalt dieser Wesen etwas zutiefst Fossiles, Urzeitliches inne.

Am gleichen Abend ließ sich jemand Wichtiges in unserem Keller blicken. Schon von draußen schrie er:

»Los, haut ab, ihr stinkenden Ziegenböcke!«

Mit Fußtritten weckte er die auf dem Boden liegende Herde Menschensaurier. Ergeben standen sie auf. Ich war überzeugt, in den Köpfen der Fossilien lebte auch nicht der leiseste Schatten des Gedankens, dass es ein Mensch war, der sie aus ihrer Kelleroase vertrieb. So wie er schrie und Püffe austeilte, empfanden sie ihn wahrscheinlich als Naturkatastrophe.

Der Mann sah mich und Bachatow durchdringend an und sagte mit fröhlichem Unterton:

»Na, und ihr zwei Bolzköpfe, was sitzt ihr hier noch rum? Braucht wohl eine Extraeinladung?«

Ich lächelte zurück und sprach beruhigend auf Bachatow ein, der mit einer Brezel zu dem Unbekannten hin wollte. Der Mann wirkte ganz normal, er hatte ein durchtriebenes Gesicht wie der schlitzohrige Soldat im russischen Märchen. Mich taufte er auf der Stelle »Karpfen« und Bachatow »Rüssel«, er selbst hieße Onkel Ljoscha, sagte er.

Ich legte los und erzählte ihm von unserem Pech, wobei ich dem Ganzen einen ironischen Anstrich zu geben versuchte. Diese simple Regel hatte ich mir bereits in frühester Kindheit zu Eigen gemacht. Wenn eine Pflegerin das schmutzige Betttuch unter mir wechselte, greinte ich nicht, sondern seufzte sachlich:

»Nimm's nicht krumm, Schwesterchen, hab eben eingeschissen.« Statt mich anzuraunzen, musste die Krankenschwester lachen und tat ihr Werk. Der

Mann im Keller hörte aufmerksam zu und auch er lachte ab und an. Als die Stelle kam, wo ich dem strammen Burschen, der Bachatow niedergeschlagen hatte, den Gummiknüppel entriss, griff ich mir der Anschaulichkeit halber irgendein Rohr vom Boden, das ich natürlich nicht zerbrach, sondern zu einer Schlinge bog.

Onkel Ljoscha erhob sich sogar ein wenig, drehte das verbogene Eisending zwischen den Fingern und sagte anerkennend:

»Große Klasse, Jungs, wie ihr den Kiosk in die Mache genommen habt.«

Als er erfuhr, dass wir nichts hatten mitgehen lassen, schlug er die Hände über dem Kopf zusammen. Dann erzählte ich noch von unserem Verpflegungsplan, der im Kiosk liegen geblieben war. Onkel Ljoscha geriet außer sich:

»Was ist das bloß für eine Welt!« Aufgeregt durchmaß er mit großen Schritten den Keller. »Jetzt rauben sie schon Waisenkinder aus!«

Und er fragte mitleidig:

»Wie wollt ihr denn jetzt leben, wenn ihr nicht einmal wisst, was ihr essen sollt?«

Das klang außerordentlich beunruhigend. Wir vergaßen darüber sogar, dass wir bisher ja auch nicht verhungert, sondern ganz gut satt geworden waren.

»Was machen wir denn da? Was machen wir da bloß?«, dachte Onkel Ljoscha laut vor sich hin. »Vielleicht sollten wir diesen verdammten Kiosk finden und von denen zurückverlangen, was euch Waisenkindern gehört …«

Onkel Ljoscha warf uns hurtig einen schlauen Blick zu:

»Abgemacht, Kinder, wir gehen den Kiosk suchen!«

Für alle Fälle nahm er eine kurze Brechstange mit und erklärte:

»Kann sein, in dem Kiosk ist keiner zu Hause, schließlich wollen wir uns ja nicht umsonst dort rumdrücken.«

Und tatsächlich, wohin wir auch kamen, nirgends war jemand da. Ich wusste nicht mehr genau, wo der Kiosk gestanden hatte, und Onkel Ljoscha schlug vor, auf gut Glück zu suchen, am besten nachts, jetzt gleich. Er ging stets nach dem gleichen Schema vor. Bachatow wurde mit den Worten »Wenn du wen siehst, volle Kraft voraus zu uns!« in der Nähe des Kiosks postiert. Ich musste die Kiosktür öffnen, dann suchte Onkel Ljoscha das Stück Papier. Mich beunruhigte nur, dass wir die Tür jedes Mal aufbrachen.

»Los, Karpfen, mach schon«, ermahnte mich Onkel Ljoscha. »Die reichen Krösusse können sich eine neue machen …«

Ich griff nach dem Hängeschloss und zog und drehte daran, bis die Halterung aufsprang.

»Also, Hände hat dir der liebe Gott gegeben, Karpfen, richtig goldene …«, murmelte Onkel Ljoscha und schlüpfte in den Kiosk. Dort machte er sich ungefähr zehn Minuten zu schaffen, stolperte dann voll beladen wieder heraus und wir trugen die Beute in unseren Keller. In dieser Nacht schafften wir fünf Kioske, aber den Verpflegungsplan fanden wir nicht. Onkel Ljoscha gab uns Geld und Essen und versprach, in der nächsten Nacht wieder zu kommen, damit wir die Suche fortsetzen konnten.

Wir trieben uns den ganzen Tag herum, aßen Eis bis zum Platzen, fuhren im Park Karussell und probierten alle Spielautomaten aus. Zur Belohnung zeigte sich die Stadt gütig, heiter und voller Gastfreundschaft. Abends dann kam Onkel Ljoscha, und wieder begann die nächtliche Tour.

Onkel Ljoscha war bester Laune, er taufte Bachatow von »Rüssel« in »Bachatytsch« um und gab sich überhaupt wie ein echter Verwandter. Ich muss zugeben, dass er mich einigermaßen verblüffte, als er nicht auf einen Kiosk, sondern auf einen Laden zeigte. Dort hatten wir unseren Verpflegungsplan bestimmt nicht vergessen. Doch Onkel Ljoscha überzeugte mich mit Leichtigkeit, dass sie ihn schließlich in dem Laden versteckt haben konnten.

Wir schlichen zum Hintereingang. Onkel Ljoscha sagte, dort gäbe es keine Alarmanlage. Sachte öffnete ich mit dem Brecheisen die Tür. Sie fiel aus der morschen Wand, ohne dass die Schlösser zerbrachen. Bachatow blieb am Eingang stehen, ich und Onkel Ljoscha gingen hinein.

Onkel Ljoscha lief als Erstes zu einem Aggregat, das wie eine Schreibmaschine und eine Rechenmaschine zugleich aussah, brach mit einem Messer den Boden heraus und entnahm den Inhalt, dann tasteten wir uns durch einen kurzen Korridor zu einer Tür.

»Nun mach, mein Guter«, sagte Onkel Ljoscha.

Die Tür sah dünn aus, ich drückte sie einfach mit der Schulter ein. Der Raum, in den wir gelangten, erinnerte mich an Ignat Borissowitschs Arbeitszimmer – auch hier gab es einen großen Tisch mit einem Telefon, und einen Fernseher, und in der Ecke stand ebenfalls ein Safe, allerdings kein so riesiger mit zwei Etagen.

»Schaffst du den?«, fragte Onkel Ljoscha hoffnungsvoll.

Ich klemmte das flache Ende des Brecheisens zwischen Wand und Tür des Safes – die Tür lag ziemlich dicht an, aber ein wenig Spiel war da – und ruckte heftig hin und her, dann wiederholte ich die Operation an einem Spalt in der Oberkante. Die Tür gab eine Winzigkeit nach. Ungefähr zehn Minuten plagte ich mich ab, sie rundum zu lockern. Endlich war der Zwischenraum so groß, dass ich die Tür seitlich am Schloss mit dem Brecheisen aushebeln und öffnen konnte. In dem Safe lagen neben dicken Ordnern ein paar Packen Geldscheine, die Onkel Ljoscha mitnahm.

»Und jetzt nix wie weg«, sagte er hastig.

Bachatow schlummerte auf seinem Posten am Eingang. Onkel Ljoscha wurde schrecklich wütend und wollte ihn verdreschen, aber dann sah er mich an, hielt seine Hand im Zaum und sagte mit spöttischem Grinsen:

»Is bestimmt müde, dein Kumpel. Verstehe …«

Den Rest der Nacht und die folgenden zwei Tage verbrachten wir bei Freunden von Onkel Ljoscha. Auf dem Weg zu ihrer Wohnung warnte er uns, wir sollten lieber den Mund halten und ihn reden lassen.

Ein Auto brachte uns zu einem Privathaus, das von einem hohen Zaun aus Eisenstäben umgeben war. Statt einer Pforte gab es ein solides Holztor mit einer eingebauten Luke und sogar einem Klingelknopf. Als Onkel Ljoscha den Fahrer bezahlte, machte er ein großzügiges Gesicht. Das Auto fuhr weg, Onkel Ljoscha erinnerte uns noch einmal an die Regeln des guten Tons und klingelte. Der Mann, der uns einließ, spähte erst durch die Luke, ehe er die Tür aufschloss.

Über einen Asphaltweg gingen wir zum Haus. Im Hof war ein Tisch gedeckt, an dem viele Freunde von Onkel Ljoscha saßen. Zwei brieten daneben Fleisch über einem Holzkohlefeuer. Eine Frau – vielleicht die Ehefrau des Hausherrn – brachte eine Schüssel mit Essen und verschwand wieder im Haus.

Unser Erscheinen sorgte bei den Gästen für eine gewisse Belebung. Lässig stellte uns Onkel Ljoscha vor: »Das ist Karpfen, und das hier Schnarch« – er hatte Bachatow ein weiteres Mal umgetauft –, und wir setzten uns, wo Platz war.

Auch Onkel Ljoscha wurde von seinen Freunden irgendwie anders angeredet. Doch seiner Bitte eingedenk stellten wir keine Fragen, sondern langten lieber bei den belegten Broten zu, die für uns neu waren. Jeder bekam ein halbes Glas Wodka eingeschenkt und Onkel Ljoscha nickte unmerklich – wir sollten trinken. Wie eine Schere schnitt mich der Wodka von der allgemeinen Unterhaltung ab, ich ließ locker und dachte nichts mehr. Auch aus Bachatows Gesicht war die Anspannung verschwunden, doch er sah irgendwie unheilvoll aus.

Onkel Ljoscha aber lachte und prahlte. Er musste gerade etwas über mich erzählen, denn er sah herüber und zwinkerte mir zu. Auch die Freunde von Onkel Ljoscha schauten mich an, schmunzelten und schüttelten ungläubig die Köpfe. Jemand hielt mir eine Metallmünze hin und sagte:

»Bieg die mal!«

Ich nahm das Geldstück, als Bachatow unvermittelt zu singen begann »Der sowjetische Zirkus ist der beste der Welt« und einen Marschrhythmus auf die Tischplatte hämmerte. Das sah ihm ganz und gar nicht ähnlich.

Ich brach die Münze in der Mitte durch und dann, weil keiner ein Auge von mir ließ, noch einmal in Viertel.

»Bist ja echt ein Karpfen und keine Karausche«, sagte einer von Onkel Ljoschas Freunden gut gelaunt, und wieder bekamen wir Wodka eingeschenkt. Ich wurde betrunken, bemerkte aber trotzdem, dass die Gäste am Tisch wechselten. Ein paar Frauen waren dazugekommen, die sich von Minute zu Minute zu verjüngen schienen.

Dann schlug etwas in meinem Kopf Purzelbaum, ich kniff die Augen zusammen, konnte aber trotzdem noch sehen. Alles ringsum färbte sich in ein durchdringendes Dunkelblau. Als die Bläue gleich darauf wieder verschwand, wusste ich nicht mehr, welches die Welt hinter den geschlossenen Augen und welches die wirkliche war. Hätte ich meine Lider fühlen können, wäre mir klar geworden, was wohin gehörte. Aber ich spürte sie nicht, sondern schaute hinter ihnen hervor nach draußen. Manchmal stieß mein Blick auf Bachatow und auf Onkel Ljoscha – und ihre Gesichter kräuselten sich wie eine Wasserfläche, bis sie sich ganz auflösten. Mit einem sanften Schaukeln erstarb die Luft.

Der Rest des Geschehens kam mir vor wie ein steuerbarer Traum. Probehalber ließ ich Ignat Borissowitsch darin eintreten, bloß dass er sehr still war und ganz, ganz betrunken. Auch den beiden getöteten Sanitätern Wowtschik und Amir gestattete ich zu erscheinen. Bescheiden und schüchtern setzten sie sich, nahmen aber weder Essen noch Trinken. Die Frau mir gegenüber verwandelte ich in Nastenka. Sie lachte immerzu, lief plötzlich fort – und ich hinterher. Als sie im Haus verschwand, ging auch ich hinein, Nastenka war auf der Wendeltreppe. Die Stufen verfehlend, setzte ich die spaßige Verfolgungsjagd fort.

Die heutige Nastenka lockte mich in ein Kämmerchen unter dem Dach und plumpste erschöpft auf ein schiefes Sofa. Ich fiel auf sie. Sie wollte mich wegstoßen und begann mit heiserer, grober Stimme zu sprechen:

»Lass das, du Dämlack, ich hab doch bloß Spaß gemacht!«

Ich schob ihr Kleid hoch. Sie zischte:

»Gleich ruf ich die Kerle!«

Diese Drohung belustigte mich und ich fragte nach:

»Die Kellner willst du rufen?«

Nastenka wurde sofort still. Unter dem Sofa lugten Wowtschik und Amir hervor. Ich sah sie an, da zogen sie die Köpfe ein vor Angst und verkrochen sich.

»Nun mach schon!«, trieb mich die friedlich gewordene Nastenka an, »sonst kommt noch wer.«

Ich befreite meine sehnige Leidenschaft aus der Hose – dann schwand alles Bewusstsein.

Ich wachte auf, weil mich jemand an der Schulter rüttelte. Es war eine rundliche ältere Frau, und sie sagte erschrocken:

»Deinen Kumpel, den hat wohl ein tollwütiges Eichhörnchen gebissen, sieh mal nach ihm!«

Wir gingen in den Hof hinunter. Ich begriff sofort, was der Frau Angst eingejagt hatte. Bachatow sah von der Seite selbst wie ein Eichhörnchen aus. Er stand mit dem Gesicht zur aufgehenden Sonne und singsangte, immer wieder auf einen Zeitungsfetzen schielend, von den ökonomischen Errungenschaften der neuen Landwirtschaftsbetriebe im Bezirk Tscherkassk. Als er damit fertig war, begann er seine Nägel abzuknabbern, was die Ähnlichkeit mit einem Eichhörnchen noch verstärkte.

Um Bachatow nicht zu stören, führte ich die Frau ins Haus. Dort fragte ich nach Onkel Ljoscha und den anderen. Sie sagte, alle seien schon gestern Abend gegangen und ich habe fast vierundzwanzig Stunden geschlafen.

Der leicht erschöpfte Bachatow erschien und sagte, wir müssten weg. Ich spürte den Unterton in seiner Stimme – die Nägel hatten ihm etwas prophezeit und er drängte. Wir verabschiedeten uns von der Frau und gingen eilig los.

Bachatow führte mich zielsicher durch die Straßen, bis die Häuser schließlich zur Höhe von Stadtgebäuden emporwuchsen. An einer lärmenden Kreuzung blieb er stehen, als sei er am Ziel. Ein Trolleybus fuhr vorbei und dahinter kam ein Polizeiauto, das mit kreischenden Bremsen neben uns hielt.

Der Milizionär fragte, wer wir seien und was wir hier trieben. Ich kramte – sicher zum tausendsten Mal – den Zettel mit der Adresse des Wohnheims hervor. Man zeigte sich mitfühlend und wir durften in das Auto steigen. Wir fuhren, und Bachatow schaute nach allen Seiten, während ich erzählte, wie wir uns verirrt hatten, uns niemand helfen wollte und wir im Keller nächtigen mussten. Onkel Ljoscha erwähnte ich tunlichst nicht. Sonst hätte ich zugeben müssen, dass wir Schlafmützen den Verpflegungsplan verloren hatten. Und über das abendliche Gelage bei Onkel Ljoschas Freunden sprechen und Nastenka hineinziehen – auch wenn sie zehn Mal tot und ein Gespenst war – mochte ich ebenso wenig.

Wir wurden auf das Revier gebracht, in eine leere Isolierzelle gesteckt und erhielten zu essen. Nach einer Weile erschien ein Wachposten und brachte uns in das Zimmer des Chefs. Dort erwartete uns bereits Ignat Borissowitsch, aufgeregt und sehr vertraut. Als wir eintraten, hüpfte er kurz von seinem Stuhl hoch und seufzte herzenstief.

»Sind das Ihre?«, fragte der Chef aus dem Sessel.

»Meine«, bestätigte Ignat Borissowitsch.

Der Chef gab ein Zeichen – wir sollten das Zimmer verlassen. Vom Korridor aus war zu hören, wie er Ignat Borissowitsch abkanzelte und dieser sich zaghaft rechtfertigte. Ungefähr zwanzig Minuten lang suchten sie Schuldige. Ignat Borissowitsch rief bei der neuropsychologischen Fürsorge an und wollte wissen, warum man uns nicht abgeholt habe. Dort wurden sie ein bisschen nervös, fanden aber schnell einen Sündenbock. Irgendjemand bekam einen strengen Verweis angedroht, ein anderer eine lächerliche Prämie gestrichen – und damit hatte es sich. Uns aber brachte man in eine psychiatrische Klinik, um zum x-ten Mal unsere Hirne zu inspizieren. Alle meinten, wir hätten das in uns gesetzte Vertrauen nicht gerechtfertigt, hätten uns blamiert – wo wir doch so hochgelobte Schlauberger seien.

Dann folgten die langen Tage der ärztlichen Begutachtung. Diesmal wurden wir gründlich auseinander genommen – das volle Testprogramm. Die Prozedur war uns seit unserer Kindheit vertraut, viele Aufgaben kannten wir bereits auswendig. Ich hatte auf jede Frage gleich mehrere Antworten parat, von ausgemacht blödsinnigen bis zu gedankentief paradoxen. Ich konnte mit den Varianten spielen und mich dumm stellen oder von der besten Seite zeigen, je nachdem, was es zu erreichen galt.

Zuerst fragten sie so etwas wie: Ob ich ein Junge oder ein Mädchen sei, wer mehr Beine habe – ein Hund oder ein Hahn, wann ich frühstücke – abends oder morgens, welche Jahreszeit wir gerade hätten und ähnliche Dummheiten. Dann wurden die Fragen interessanter: Was Kybernetik sei, woraus Papier gemacht werde, wie viele Kontinente es gebe, wer die Musik zu dem Ballett »Schwanensee« geschrieben habe und wie sich der Wechsel von Tag und Nacht erkläre. Sie zeigten uns Zeichnungen und Umrisse, und wir mussten sagen, was sie darstellten. Bei einigen Bildern wollten sie tricksen: Ein Taucher, der unter Wasser Meeresblumen gießt, oder eine Frau, die mit einem Apparat ohne Schnur telefoniert. Aber mit diesem faulen Zauber kamen sie bei uns nicht durch.

Danach zählte ich auf Bitte des Arztes von eins bis zwanzig, wobei ich jede dritte Zahl übersprang, und nannte die Monate von hinten nach vorn. Großen Spaß machte mir die Aufgabe, bei der Satzanfänge vorgegeben wurden: »Ich bin sicher, dass die Mehrzahl der Männer und Frauen …« oder »Am meisten mag ich Leute, die …« oder »Das Schlimmste, was ich je getan habe, ist …«, und wir das Ende hinzufügen mussten.

Der poetische Bachatow gab verblüffende Antworten. Allein schon, wie er die Geschichte von dem Mann und dem Huhn mit den goldenen Eiern nacherzählte. Der Mann dachte, das Huhn sei innen ganz aus Gold und schlachtete es, aber der Hühnerbauch war leer. Solche Geschichten bekamen wir vorgelesen.

Bachatow modelte das Ganze nach seiner Manier um: »Ein Bauer – Geflügelzüchter mit privatwirtschaftlichen Tendenzen – schlachtet, ungeachtet der Einkünfte, die er damit verliert, sowie der Tatsache, dass das Huhn goldene Eier legt – wo doch Gold großen Wert besitzt auf dem Weltmarkt und eine nicht zu unterschätzende Stütze der Landwirtschaftsindustrie darstellt –, dieses Huhn, was im Widerspruch steht zu der Moral, die da lautet »Handle nicht wie ein Barbar auf der Suche nach etwas, das es gar nicht gibt«.

Neu war für uns das Zeichnen von Piktogrammen. Wir sollten Symbole finden für »untröstliche Trauer« und »ein üppiges Abendessen«. Die erste Wortgruppe versinnbildlichte ich mit einem Grabkreuz und dem

Zifferblatt einer Uhr. Für die zweite wählte ich wieder ein Zifferblatt, nur dass es diesmal aussah wie ein benutzter Teller, mit Löffel und Gabel darauf. In beiden Piktogrammen stand die Uhr für Unablässigkeit und Dauer.

Bald wurde uns zugetragen, die Ärzte zögen in Erwägung, mir und Bachatow die Invalidität abzuerkennen.

»In der Stadt verlaufen haben sie sich! Als ob das was Besonderes wäre! Ich bin ja selbst vom Land!«, schrie der Vorsitzende der Kommission, ein Professor. »Als ich zum ersten Mal in der Stadt war, habe ich gedacht, man kann telefonieren, ohne dass man die Nummer wählt – du hebst einfach den Hörer ab, und los geht's. Und ich habe mich schließlich auch zurechtgefunden!«

Abends beratschlagte ich mit Bachatow. Wir hatten nicht die geringste Lust, unsere finanzielle Stütze ganz zu verlieren. Mit der Invalidenrente, auch wenn sie kümmerlich war, konnte man sich irgendwie durchschlagen, obwohl man mit den paar Rubeln kaum den Weg in höhere gesellschaftliche Sphären fand. Nach langem Überlegen kamen wir auf einen goldenen Mittelweg. Bachatow beschloss, Invalide zu bleiben – für alle Fälle. Ich wollte mich in das große Leben wagen.

Den Punkt aufs »i« setzten wir am nächsten Morgen bei der Aufgabe zur Assoziationsfähigkeit. Ich bemühte mich, das so genannte höhere sprachliche

Vermögen zum Einsatz zu bringen. Sie sagten »Tisch«, und ich »ein hölzerner«, sie – »Fluß«, und ich – »ein tiefer«. Oder ich bildete einen Oberbegriff: »Bruder« – »Verwandtschaft«, »Topf« – »Geschirr«.

Bachatow machte es anders. Wenn sie ihm sagten »Bleistift«, blinzelte er und fragte: »Wo?« Sagten sie »Mama«, reimte er »Rama«. Er tat, als sei er müde, brabbelte auf alle Fragen nur noch »Mauz, Mauz« und zuckte die Schultern. Da er sich vorher ganz passabel aufgeführt hatte, wurde dieses Verhalten als psychopathisch eingestuft.

Bei den Syllogismen dann gelang es Bachatow, die Kommission in ihrer Ansicht zu bestärken, er litte eben doch an leichter Oligophrenie. So wurde etwa die Prämisse gegeben: »Kein einziger Marxist ist Idealist. Einige herausragende Philosophen waren keine Marxisten, folglich …« Ich antwortete: »Einige herausragende Philosophen sind keine Marxisten gewesen.«

Zu Bachatow sagten sie: »Alle Metalle sind elektrische Leiter. Kupfer ist ein Metall – also …?« Doch anstatt ihnen das offensichtliche »… ist Kupfer ein elektrischer Leiter« zu präsentieren, gab er von sich: »Die Kupfergewinnung muss erweitert werden, damit sich die Industrie entwickelt.«

Wir erreichten, was wir wollten. Ich, mit dem Status des absolut Normalen, wurde der Berufsschule eines Baukombinats zugewiesen. Bachatow, der weiter als Invalide galt, kam in das gleiche erste Lehrjahr. Man wollte uns nicht trennen.

Den Sommer über sollten wir uns als Gehilfen in der Hausmeisterei einer Wohnungsverwaltung die Grundlagen des Installateurberufs aneignen und im Herbst mit der Ausbildung beginnen. Das Wohnheimzimmer, das wir erhielten, war einfach wunderbar. Sogar einen Fernseher gab es.

Jeden Morgen gingen wir zu Meister Fjodor Iwanowitsch. Beim ersten Mal empfing er uns greisenhaft nörgelnd, doch bald stellte sich heraus, dass er eine Seele von Mensch war, wenn auch furchtbar versoffen. Wir wurden ein eingespieltes Team. Der Alte langweilte uns nicht mit Theorie und übertrieb es ebenso wenig mit der Praxis. Manchmal durften wir ihn zu den Reparaturen in die Wohnungen begleiten, und wenn er für seine Arbeit einen grünen Dreier bekam oder einen blauen Fünfer, teilte er redlich.

Das Handwerk, das er uns vermittelte, schien simpel. Ich lernte schnell, wie man Wasserhähne heimischer Machart zerlegt und wieder zusammenbaut. Bachatow bevorzugte die finnischen und tschechischen Systeme. Aber das war schon der Gipfel der Installateursweisheit. Eigentlich ging es darum, auch wenn wir das nicht gleich begriffen, beim Ausbessern kaputtzumachen. Dieses Reparaturkonzept bläute uns unser Lehrer geduldig und unbeirrbar ein.

Die wahre Meisterschaft bestand dabei nicht etwa im Pfusch: eine alte Dichtung gegen eine alte oder ein leckes Standrohr gegen eines, das noch in Ordnung war. Über so etwas war Fjodor Iwanowitsch erhaben. Er arbeitete virtuos, und verlangte auch von uns Phantasie und geistige Höhenflüge.

Ein charakteristisches Beispiel ist mir in Erinnerung geblieben. Fjodor Iwanowitsch sollte sich einen Gasbadeofen ansehen – bei den Mietern wurde das Wasser nicht warm. Der Alte betrachtet den Apparat eingehend, nimmt ihn auseinander, steht eine Weile in tiefes Nachdenken versunken. Dann seufzt er und sagt, er habe da einen elastischen Schlauch mit Metallummantelung aus Finnland: »Für mich selbst gekauft.« Die Mieter geben ihm einen Zehnrubelschein. Zu dritt gehen wir den Wunderschlauch holen, andächtig, gravitätisch, hin und wieder zurück. Die hocherfreuten Mieter schauen ehrfurchtsvoll auf diese Meisterleistung der Installateurstechnik, Fjodor Iwanowitsch aber wirft einen Blick auf die Uhr und sagt:

»Wir haben jetzt Mittag, den Schlauch montieren wir morgen.«

Die Frau des Hauses deckt flink den Tisch, Fjodor Iwanowitsch bekommt noch einen Fünfer zugesteckt, »für seine Mühe«, und im Nu ist der Schlauch tadellos am Badeofen befestigt. Das Wasser wird warm. Wir treten auf die Straße und Fjodor Iwanowitsch lacht: »Da konntet ihr was lernen.« Wir verstehen nicht, und er erklärt: »Der elastische Schlauch verformt sich von dem heißen Wasser, er setzt sich richtiggehend zu, den werden wir noch mehrmals wechseln müssen!«

An solchen Tagen, wo er vom Erfolg verwöhnt wurde, war der Alte glücklich. Wir kauften einen Haufen leckerer Essereien, Wodka und Bier und veranstalteten ein richtiges Gelage. In jenen Stunden glaubte ich, wir seien eine echte Familie.

Fjodor Iwanowitsch grummelte oft mit mir. Er hielt mich für naiv, schätzte aber meine Fähigkeit, abgebrochene Schrauben ohne Werkzeug loszudrehen.

»Mit solchen Zauberkunststückchen verdienst du nicht viel, Sanjok«, warf er hin, »du musst globaler denken.«

Als ich ihn ein Jahr später besuchte, sollte ich von dem eigenwilligen Alten zu hören bekommen:

»Verlass dich bloß nicht auf dein Klavier, wer weiß, was daraus wird. Auf den Tasten klimpern ist Firlefanz. Du musst einen richtigen Beruf an der Hand haben!«

Dank Fjodor Iwanowitsch, Fernsehen und Zeitungslektüre gewöhnten wir uns schnell an die Regeln des Stadtlebens – allmählich prägten sie sich unserem Bewusstsein ein. In der Freizeit strolchten wir herum und hatten keine Angst mehr, uns zu verlaufen. Als die heißen Tage kamen, gingen wir zum Fluss, ließen uns braun brennen und planschten ungeschickt. Die Abende verbrachten wir im Kino oder in der Videothek.

Einmal fuhr ich ohne Bachatow in die Innenstadt, ich suchte ein Kaufhaus. Als ich an einem Gebäude vorbei kam, hörte ich, dass es förmlich überquoll vor

Musik. Aus jedem Fenster drang der Klang verschiedenster Instrumente, von Bläsern und Streichern, Singstimmen, schönen und weniger schönen. Im Erdgeschoss spielte ein Klavier, ein Fenster weiter noch ein zweites, ihre Klänge überlagerten sich. Zwischen den Bruchstücken bestand keine Verbindung, und doch flossen sie zusammen zu einem ganz besonderen Konzert.

Vor Aufregung begann mir der Rücken zu jucken. Von Natur aus schrecklich schüchtern, konnte ich doch der Versuchung nicht widerstehen und ging hinein. In dem Gebäude war der Teufel los. Junge Leute liefen durcheinander, Jungen und Mädchen, unruhig und wie elektrisiert, erwachsene Onkels mit zerzaustem Haar lärmten, vom Gefühl ihrer außerordentlichen Wichtigkeit durchdrungene Damen ließen Bassstimmen schallen. Und über all dem fidelten hunderte Geigen und Violoncelli, klimperten Mandolinen, näselten Ziehharmonikas.

Ich fiel wie immer auf, an diesem Ort aber nicht allzu sehr, was mir ermöglichte, in der Menge unterzutauchen. Der Höllenlärm wallte durch die Korridore wie aufgewirbelter Staub. Ich konnte das Klavier darin ausmachen und ging dem Klang nach, bis ich mich am Ende einer Menschenschlange wiederfand, die sich zu einer großen schwarzen Tür hin schob. Dahinter drangen wundersame Tonfolgen hervor.

Das Klavier verstummte und die Tür öffnete sich einen Spalt breit. Ein neuer Interpret wurde aufgerufen. Sein Vorgänger kam schweißgebadet heraus und war sofort dicht umringt von nervösen jungen Leuten, die ihn, neidisch vor Angst, mit Fragen bombardierten. Ich weiß nicht warum, doch ich beschloss zu bleiben und gab mir den Anschein, als gehörte ich zu diesem Fließband aus Klavierspielern dazu. Niemand erhob Einwände. Je weiter ich mit der Schlange vorrückte, umso deutlicher wurde mir, was hier geschah. Ich begriff, dass ich in eine Aufnahmeprüfung geraten war.

Ich hatte nur eine ungefähre Vorstellung, was ich tun und sagen sollte, wenn sie mich fragen würden, mit welchem Recht ich einfach hier hereinspazierte. Aber ich wollte mich so gern an das Klavier setzen. Eine derartige Möglichkeit würde so schnell nicht wiederkommen. Egal, wie sich die Ereignisse weiter entwickelten, wenigstens könnte ich eine Zeit lang auf einem gestimmten Instrument spielen. Ich beschloss, sofort zu dem Klavier zu laufen, schnell etwas darzubieten, mich zu entschuldigen und zu verschwinden.

Meine musikalischen Potenzen schätzte ich nüchtern ein. Seit unserer Abreise aus dem Internat, also fast zwei Monate lang, hatte ich keine Taste berührt. Von guter Fingerfertigkeit konnte nicht im Mindesten die Rede sein. Außerdem kannte ich kein einziges Musikstück im Original – ich trug alles nach dem Gehör zusammen und deshalb gab es gewiss Abweichungen vom Notentext. Ich war nicht sicher, ob ich ein eigenes Werk improvisieren konnte. Also fiel meine Wahl auf die Stücke, die einer meiner Vorgänger spielte – ich prägte sie mir bis zur letzten Note ein –, und noch ein kleines Werk aus dem Radio.

Endlich durfte ich eintreten. Ich kam in ein verwinkeltes Zimmerchen, mit Vorhängen anstelle der seitlichen Wände. Durch einen Schlitz, der den Stoff wie einen Rock einschnitt, sah man die Bühne mit dem Klavier.

Der Saal war fast leer. Es gab lediglich zwei aneinander gerückte Tische, hinter denen etwa sechs Leute saßen, die Mitglieder der Kommission. Über ihren Köpfen fiel mein Blick auf einen Balkon, und ein eiskalter Schauer durchfuhr mich – auf den Rängen drängte sich das Publikum. Ich trat hinaus, als käme ich aus einem plüschigen Nomadenzelt, stieß mit vor Aufregung knittriger Stimme hervor: »Schulabgänger Gloster«, und humpelte zum Klavier hinüber.

Um möglichen Fragen zuvorzukommen, fing ich an zu spielen und bekam es sofort mit der ersten Misslichkeit zu tun. Das altersschwache Internatsklavier war völlig anders gestimmt gewesen als dieser Konzertflügel. Mein Gedächtnis hatte zu jeder Taste den entsprechenden Ton gespeichert. Hier stimmten Tasten und Töne nicht überein, weshalb nicht ganz das herauskam, was ich wollte. Ich geriet durcheinander, spielte aber weiter, ging zur Improvisation über und schaffte es, wie man so schön sagt, mit einem Tragflügel gerade noch bis zum Flughafen. Niemand unterbrach mich.

Beim zweiten Stück kam ich schon ganz gut mit der Klaviatur zurecht. Ich ließ mich von der Melodie antreiben bis zu jener Geschwindigkeit, wo mein Rücken die Kontrolle übernahm. Wie ein Blinder warf ich den Kopf empor. Die Sehkraft verließ meine Augen, doch der geistige Kontakt mit dem virtuellen Musikanten in meinem Buckel war hergestellt. Er griff die Melodie auf, führte mir die Hand, und die Sedimente meines freudlosen Lebens ließen neue Klänge aufsprühen und flossen als Sonate des Rückgrats durch meine Finger in die Tastatur.

Ich hielt inne und wischte mir die Hände an der Hose ab. Auf den Rängen ertönte hier und da Beifall.

Eine Frau, die in der Kommission saß, sagte:

»Ich habe Ihren Namen nicht in der Liste gefunden.«

Im Prinzip musste es so enden. Ich erhob mich. Sie deuteten meine gekrümmte Gestalt wohl als Verbeugung, denn wieder wurde auf den Rängen geklatscht. Ich zog es vor, möglichst schnell zu gehen, denn ich hatte das Meine gehabt.

Die Frau rief mir hinterher:

»Bestimmt ein Fehler!«

»Überhaupt kein Fehler«, versetzte ich vernehmlich halb in Gedanken, legte noch einen Schritt zu und hetzte durch die Tür. Zum Glück wollte niemand von mir wissen, wie es gelaufen war. Begleitet von neugierigen Blicken hastete ich den Gang entlang.

Ich wusste den Weg noch gut und war fast schon entwischt, als mich am Eingang eine gebieterische Männerstimme erreichte:

»Gloster, warten Sie!«

Ich sah mich um. In schwerem Galopp kam ein hünenhafter Mann von ungefähr fünfzig die Mitteltreppe herabgerannt – einer derjenigen, die im Saal hinter dem Tisch gesessen hatten. Als er bei mir war, stieß er als Erstes zornig hervor:

»Bin ich vielleicht ein kleiner Junge, dass ich Ihnen hinterherlaufen muss?« Seine Augen unter der Brille sprühten stachlige Funken.

In diesem Moment hatte er mich richtig gesehen und sagte einen Ton milder:

»Was sind Sie denn so schreckhaft? Sie haben nicht schlecht gespielt und der Kommission gefallen. Die Frage gehört zum üblichen Verwaltungskram, da bricht man doch nicht gleich die Prüfung ab.«

Ich schwieg und spürte, was ich gewohnt war: dass sein mitleidiger, erstaunter Blick über meinen runden Buckel kroch.

»Ist etwas passiert?«, fragte mein Verfolger. »Haben Sie es sich anders überlegt mit der Aufnahme? Nein? Woran liegt es dann?«

»Was für Papiere braucht man, um bei Ihnen aufgenommen zu werden?«

Nicht nur die Brauen, sondern sogar die Wangen meines Gegenübers drückten höchste Verwunderung aus.

»Haben Sie denn keine Unterlagen eingereicht?«

»Nein«, gestand ich zerknirscht.

»Das ist ja gut.« Er nahm für einen Moment die Brille ab, sah mich mit bloßen und wohl deshalb so hilflosen Augen an: »Und wieso beehren Sie uns dann?«

»Ich wollte nur ein bisschen Klavier spielen«, gab ich die läppische Wahrheit preis.

»Und wo haben Sie bisher gelernt?«

»Nirgends.«

»Dann – mit wem? Ich meine, bei welchem Lehrer?«

»Bei gar keinem. Was ich kann, habe ich mir selbst beigebracht.«

»Das ist ja ein Ding!« Der Mann rieb sich geschäftig die Hände. »Nächste Frage: Was haben Sie vorhin gespielt? Chopin oder nicht Chopin, Rachmaninow oder nicht Rachmaninow?«

»Ich weiß nicht.« Ich hatte wirklich keine Ahnung, was es gewesen war.

»Wie konnten Sie die Stücke dann spielen?«

»Die Prüflinge vor mir haben allerhand gespielt. Manches davon ist hängen geblieben, einiges habe ich mir ausgedacht.«

Wir setzten das Gespräch auf der Straße fort. Der Mann sagte, er hieße Valentin Walerjewitsch. Mit weit ausholender Geste zündete er sich eine Zigarette an, sah dann auf die Uhr und winkte ab:

»Also in zwei Worten: Woher kommen Sie? Ihr Lebenslauf, kurz und knapp.«

Ich erzählte von unserem Internat, ohne auf Details des Alltagslebens einzugehen, hauptsächlich berichtete ich von dem alten Klavier, das ich in Papa Ignats Kammer gefunden hatte, ein wenig auch von unserem Umzug in die Stadt. Ich verhehlte nicht, dass mir die Gesellschaft Normalität unterstellte, und versicherte mit großem Stolz, ich wäre kein Irrer. Valentin Walerjewitsch beruhigte mich sofort: Dieser Gedanke sei ihm ohnehin nie gekommen.

»Warum haben Sie nicht ein konkretes Stück für die Prüfung vorbereitet?«

»Weil ich nichts Bestimmtes kann. Ich spiele nur, was ich irgendwann gehört und mir gemerkt habe.«

»Nach dem Gehör?«

»Ja, wie denn sonst …«

»Ohne Noten?«

Notenkenntnisse besaß ich leider überhaupt keine. Die Bezeichnungen c, d, e kannte ich zwar, doch sie waren für mich inhaltsleer.

Binnen einer Sekunde hatte Valentin Walerjewitsch einen Entschluss gefasst und sagte:

»Also, Gloster, kommen Sie wieder her, in zwei Tagen, wenn die Prüfungen vorbei sind.«

Er reichte mir ein Dreieck aus festem Papier. Darauf stand in großen Goldbuchstaben »Valentin Walerjewitsch« und »Dekan«.

»Das ist meine Dienstnummer, rufen Sie mich an, wenn Ihnen danach ist. Was haben wir heute? Mittwoch. Dann erwarte ich Sie also am Freitag um zehn Uhr in meinem Arbeitszimmer. Fragen Sie an der Wache, wie Sie hinkommen. Abgemacht? Es wird uns schon etwas für Sie einfallen. Ach, übrigens, wie heißen Sie mit Vatersnamen?«

Bachatow und ich trugen die gleichen rein formalen Vatersnamen – wir waren beide Ignatowitschs. Der scharfsinnige Ignat Borissowitsch hatte uns, einer Tradition der römischen Patrizier folgend, seinen Namen zugeeignet als seien wir freigelassene Sklaven.

»Schön, schön, Alexander Ignatowitsch, das schreiben wir auf«, sagte Valentin Walerjewitsch, und zum ersten Mal während unseres Gesprächs erlaubte er sich ein Lächeln. »Also bis dann.«

Ich sagte vier Mal »danke« und sauste los, um das Kaufhaus zu suchen. Zu Hause besprach ich meine Eindrücke mit Bachatow. Der nickte und versank auf den Grund seiner Gedanken. Bachatow konnte manchmal erstaunlich kalt sein. Aber er bereitete sich ja auf den morgigen Tag vor und meditierte über seinen Fingernägeln. Ich ließ ihn in Ruhe und legte mich vor den Fernseher, um meine innere Freude zu nähren. Bachatow saß aufrecht wie ein Fakir, seine Augen strahlten schlangenhafte Weisheit aus.

»Alles geht gut am Freitag«, sagte er plötzlich und lächelte sein väterliches Lächeln. Meine Vorstellung, eigentlich sei ich es ja, der auf Bachatow aufpassen müsse, war wieder einmal erschüttert.

Alles kam, wie Bachatow vorausgesagt hatte. Am Freitagmorgen begrüßte mich Valentin Walerjewitsch freundlich, ließ sich erzählen, wie es mir ging, womit ich die Zeit verbracht hatte, und stellte unterdessen ein Tonbandgerät auf den Tisch.

»Hör dir das an.« Er drückte einen Knopf und ein Klavier spielte los. Als das Stück zu Ende war, sah mich Valentin Walerjewitsch schlitzohrig an und fragte: »Kannst du das nachspielen?«

Wir gingen in ein Zimmer, in dem ein Klavier stand. Wieder ließ Valentin Walerjewitsch das Tonband laufen, doch mir hätte auch das erste Mal genügt. Ich setzte mich an das Instrument und begann zu spielen.

»Du phantasierst!«, rief Valentin Walerjewitsch. Ich korrigierte mich, obwohl mir meine Variante besser gefiel. »Jetzt stimmt es!«

Ich spielte zu Ende. Valentin Walerjewitsch sah sehr zufrieden aus.

»Gut, gut, machen wir weiter«, sagte er.

Das zweite Stück spielte ich mit nur geringen interpretatorischen Abweichungen und Valentin Walerjewitsch lobte mich. Insgesamt hörten wir uns fünf Kompositionen an.

»Die studierst du bis Montag ein«, sagte Valentin

Walerjewitsch. »Das Tonband kannst du mitnehmen oder hier lassen. Ich gebe dir einen Schlüssel, komm her und arbeite.«

Und es begannen wunderbare Tage. Zehn Stunden täglich schwelgte ich in Genuss. Am Montag hatte ich so viel Übung, dass ich die Werke in- und auswendig beherrschte.

Diesmal hörte mir nicht nur Valentin Walerjewitsch zu, sondern auch ein aufmerksamer Mann von der städtischen Abteilung für Volksbildung und der Direktor einer zehnklassigen Spezialschule für Musik, ein Freund Valentin Walerjewitschs. Ich spielte das Programm, sie bedankten sich, schickten mich nicht aus dem Zimmer. Ich fühlte, es war ein gutes Zeichen, wenn in meiner Anwesenheit über mein Schicksal befunden wurde.

Zuerst äußerte sich Valentin Walerjewitsch, dann der Direktor. Sie sagten nur Gutes. Der Mann von der Volksbildungsabteilung erklärte, er sähe keinerlei Hindernisse für einen Musikschulbesuch und versprach, eine entsprechende Anordnung aufzusetzen und alles zu regeln. Valentin Walerjewitsch gratulierte mir und der Direktor fügte hinzu, ich sei jetzt Schüler seiner Internatsschule für musikalisch begabte Kinder.

Alles lief ohne mein Zutun. Die Papiere wurden aus der Verwaltung der Berufsschule an die Verwaltung der Musikschule geschickt und ich bekam ein Bett im Wohnheim. Die anderen Schüler waren bis zum Herbst nach Hause gefahren und ich hatte ein Zimmer für mich allein. Ein Lehrer war bereit, über den Sommer mit mir die Theorie nachzuholen. Ich entlieh in der Bibliothek Friedkinds »Praktische Anleitung zur Musiklehre« und lernte sie auswendig, für alle Fälle.

Mein einziges Problem war Bachatow. Ich bat die Schulleitung, auch ihn in das Wohnheim der Musikschule aufzunehmen, doch der Direktor sagte, das sei gesetzlich verboten.

Ich hatte keine Ahnung, wie Bachatow auf die Trennung reagieren würde, und kündigte ihm vorsichtig an, dass wir zum ersten Mal nach all den Jahren getrennt übernachten müssten und uns nur tagsüber sehen könnten. Wieder einmal verblüffte mich Bachatow durch seine Ruhe, ja sogar eine gewisse Gleichgültigkeit. Unser Sanitärguru Fjodor Iwanowitsch beschaffte ihm einen richtigen Arbeitsplatz bei der Wohnungsverwaltung, außerdem durfte er vorübergehend die freie Hausmeisterwohnung beziehen. So hatte Bachatow sein eigenes Zuhause, mit einem kleinen Bad und einer winzigen Küche.

Das Leben geriet in geordnete Bahnen. Länger als einen Tag trennten wir uns nie. Er besuchte mich und ich ihn. Ich erzählte ihm von den Ereignissen in der Musikschule, er weihte mich ein in die Geheimnisse finnischer Handwaschbecken. Aus irgendeinem Grund fielen mir dazu sofort Andersens Märchen ein und der kristallkalte skandinavische Norden. Bachatow wirkte auf mich wie der ewige Finne, jener gute Zauberer aus Puschkins Oper.

Recht schnell lernte ich vom Blatt zu spielen. Es war nicht schwerer als lautes Lesen. Sobald die Töne in eine grafische Hülle schlüpften, konnte ich das Musikstück ohne Instrument intonieren, in mir selbst. Die Noten ähnelten kleinen Knöpfen, die geheime Tasten in Bewegung setzten und tief in meinem Inneren verborgene Hämmerchen gegen unsichtbare Saiten schlagen ließen. Mit der Zeit entwickelte ich eine Vorliebe dafür, Partituren zu lesen wie Romane. Diese Lektüre schenkte mir einen besonderen, unhörbaren Sinnesreiz, höchstens vergleichbar mit der Ekstase eines Menschen, der einen Player sein Eigen nennt. Ich kam mir vor wie der glückliche Besitzer zweier unsichtbarer Kopfhörer.

Schon bald erhielt ich keine Unterweisung mehr. Man verschonte mich mit den allgemeinen Fächern. Die meiste Zeit verbrachte ich am Klavier, ich fand nicht einmal Zeit, meine Mitschüler richtig kennen zu lernen. Im September und in den ersten beiden Oktoberwochen besuchte ich den Unterricht. Dann geriet ich zufällig in einen Musikwettbewerb auf Stadtebene.

In der ersten Runde präsentierte ich Etüden von Chopin. Es ging gut, ich spürte die Inspiration aus meinem Rücken. Jeder Knorpel klang, jeder Wirbel sang, die Töne flossen wie Tränen. Ich erhielt langen Beifall. Gerührt von der Reaktion des Publikums zog ich mich hinter die Kulissen zurück. Plötzlich waren gusseiserne Kommandeursschritte zu hören und eine Donnerstimme, der gesunde Bass eines Recken röhrte:

»Na, wo ist er denn, euer neuer Swjatoslaw Richter! Jetzt aber her mit ihm!«

Ich erblickte einen Mann von riesenhaftem Wuchs. Er hatte mich ebenfalls ausgemacht.

»Ach, da bist du ja, mein Goldjunge!« Er eilte zu mir, umarmte mich ungestüm, gab mich dann für einen Augenblick frei, um die Faust gegen einen unsichtbaren Feind zu schwingen: »Nein, noch ist Russland nicht ausgestorben!« – und schloss mich wieder in seine Arme. Echte Tränen standen ihm in den Augen. »Na, dann lass dich begrüßen!«, sagte er, als würden wir uns nach einer langen, quälenden Trennung wieder begegnen. »Ich bin Tobolewski, Mikula Antonowitsch.« Der Hüne verbeugte sich tief.

Ich bemerkte, dass wir sofort im Mittelpunkt der Aufmerksamkeit standen. Tobolewski schien es darauf anzulegen, die Menge hinter den Kulissen zu schockieren. Er zog buchstäblich alle Blicke auf sich. In seiner Manier, nicht zu sprechen, sondern melodiös zu deklamieren, lauthals und hochtrabend, schwangen kaum falsche Töne mit. Seine Erscheinung verband in erstaunlicher Weise die Gutmütigkeit und Kraft eines Jahrmarktsbären mit dem geistigen Überschwang eines Landadligen, den der Hafer demokratischer Anwandlungen sticht. Die Ähnlichkeit mit einem väterlichen Gutsherrn wurde noch durch den gepflegten schwarzen Bart verstärkt, der in bester Kürschnerfasson gestutzt, aber von grauen Strähnen durchwellt war. Tobolewski trug einen Frack, darunter jedoch kein Hemd, sondern einen bestickten russischen Kittel. Am Hals prangte eine Atlasfliege mit Brillantnadel. Er verströmte eine pfefferkuchenduftende, zuckergussüberzogene Energie, der man sich unmöglich entziehen konnte.

Tobolewski zerzauste mir das Haar, stellte Fragen und ich antwortete irgendetwas. Während unserer chaotischen Unterhaltung drohte er noch mehrmals zur Decke hinauf, um gleich darauf wieder hinter vorgehaltener Hand ein paar Tränen zu vergießen. Dann schrie er: »Komm mit!«, und zog mich rabiat hinter sich her.

Es wunderte mich nicht, dass der prächtigste aller Wagen – eine weiße Limousine – Tobolewski gehörte. Eilfertig öffnete uns der Chauffeur die Tür und wir nahmen auf der nilpferdgroßen Hinterbank Platz. Vor uns spreizte sich ein Tischchen, dessen Platte von Perlmuttmustern durchwoben war. Ein Tablett mit einer Karaffe und zwei Gläsern stand darauf.

»Trink, mein Goldjunge!«, sagte Tobolewski voller Leidenschaft und griff nach der Karaffe. Ich trank und musste husten von dem kräuterbitteren Spiritus, der mir den Hals zuschnürte. »Guter alter Wermut!«, grinste Tobolewski über meine Grimasse, schenkte ein weiteres Mal ein und rief dem Fahrer zu: »Mach los!«

Sein Gesicht strahlte vor Enthusiasmus und Wohltätigkeit.

Wir fuhren zu einem Restaurant, das »Troika« hieß. Der Saalordner, der wie ein vorrevolutionärer Gutsverwalter gekleidet war und die Haare liebedienerisch in der Mitte gescheitelt trug, kam wieselflink auf Tobolewski zu geeilt.

»Herzlich willkommen, Mikula Antonowitsch, wir bitten recht sehr.«

Während Tobolewski etwas mit ihm beredete, sah ich mich um. Der Saal des Restaurants war der guten Stube eines russischen Bauernhauses nachempfunden, mit goldenen Hähnen und einer Vielzahl dekorativer Holzverkleidungen an der Decke. Die Wände und den Fußboden schmückte ein Mosaik, bevölkert von Recken, Waldgeistern und Drachen aus russischen Sagen.

Es gab auch eine Bühne. Der Vorhang in ihrem Hintergrund zeigte den Zaubervogel Sirin mit lasterhaftem Frauengesicht und aufreizendem Busen. Das ganze Wesen bestand aus unzähligen elektrischen Lämpchen, deren ständiges Aufleuchten und Erlöschen der Vogelfrau Leben einhauchte. Sie zwinkerte, öffnete den runden Mund und ließ die Brüste wackeln.

Zur Komplettierung des Stils trugen die Kellnerinnen bestickte Häubchen. Die eigentlich zu diesem Kopfputz gehörenden keuschen, knöchellangen Hemden waren bei ihnen ersetzt durch ein improvisiertes Pferdegeschirr. Auf der Bühne spielte ein richtiges Orchester – aber beileibe keine russischen Volkslieder. Moderne Schlagermusik ertönte, und der heiser krächzende Solist holte tief aus seinem Inneren etwas über Liebe hervor. Als er fertig war und aus dem Publikum keine weiteren Wünsche laut wurden, spielte das Orchester ein langsames Stück. Wohlbeleibte Paare schoben sich träge auf den freien Platz vor der Bühne, begannen schwerfällig die Beine zu setzen und im Kreis herum zu walzen wie Zahnräder in einem Uhrwerk.

Ich war ein bisschen betrunken. Im Auto hatten wir schon die Karaffe mit dem Wermutlikör geleert. Auch jetzt bestellte Tobolewski ständig etwas zu trinken und brachte einen Toast nach dem anderen aus. Der Tisch konnte all die geheimnisvollen Delikatessen kaum fassen. Die vielen Gefäße mit ihren spitz auslaufenden Deckeln formierten sich zu einer Art Kreml – mit einer Literflasche als Glockenspiel, und der aufgerissene Rachen einer riesigen Kreatur, die vielleicht ein Stör sein mochte, ähnelte der Fratze des Teufels aus einem nächtlichen Albtraum.

Tobolewski schrie etwas, ich aber saß da und stierte mit dumpfem Blick auf die blinkende Brust der Vogelfrau. Das Lämpchen, das eine Brustwarze simulieren sollte, war durchgebrannt. Ich starrte in diesen leeren Punkt und leckte mir klebrige schwarze Kaviarkörnchen von den Fingern. Dann begriff ich, dass Tobolewski einen Skandal mit den Musikern vom Zaun gebrochen hatte. Er stand neben der Bühne, wetterte bitterernst »Stümper! Elende Kreaturen!« und schüttelte die Fäuste.

Die Musiker spielten trotzdem weiter. Sie tänzelten im Takt, was den Eindruck erweckte, sie wollten sich den groben Worten einfach entwinden. Tobolewski stürmte hinauf, versuchte sie von der Bühne zu zerren und teilte Fußtritte aus. Der Saalordner stand in Habt-Acht-Stellung vor ihm und lächelte unterwürfig:

»Lassen Sie es doch gut sein, Mikola Antonowitsch, die haben genug abgekriegt!«

»Haben sie nicht!«, brüllte der außer Rand und Band geratene Tobolewski. Er packte den flügellahmen Pianisten am Schlafittchen und stieß ihn mit der Nase in die Tasten: »Das ist nicht dein Platz, Kanaille!«

Der Pianist machte Sperenzchen und riss sich los, was Tobolewski in noch größere Wut versetzte. Er wollte dem armen Musikus schon den Klavierdeckel auf den Kopf schmettern, überlegte es sich jedoch plötzlich anders und lockerte seinen Griff. Er hob den Hänfling hoch wie eine Marionette und schob dessen Puppenkopf in meine Richtung:

»Da siehst du, wer hier sitzen sollte!«

Der Pianist nickte zustimmend, wobei nicht zu erkennen war, ob aus freien Stücken oder von Tobolewskis Hand dirigiert. Zu seinem Glück machte der findige Ordner, der kein Auge von Mikula Antonowitsch gelassen hatte, jetzt den Saal mobil: »Wir bitten recht sehr! Wir bitten recht sehr!« Aus verschiedenen Ecken klang vereinzelter Applaus auf. Ich erhob mich, um zur Bühne zu gehen.

Vom Nachbartisch beugte sich auf einmal ein ungehobelter Klotz herüber, packte mich am Ärmel und pöbelte:

»Na los, Buckeltier, klimpere was!«

Meine jüngsten Erfahrungen sagten mir, dass man einen Kerl mit solchen Manieren Mores lehren konnte, ohne Konsequenzen fürchten zu müssen. Ich drosch dem Klotz die Handkante gegen den Hals. Er würgte am Knorpel seines zerschmetterten Adamsapfels und ging zu Boden. Der Sturz wurde vom Glockengeläut zerbrechenden Geschirrs begleitet. Ein paar Wachleute, herausgeputzt wie Opernhelden, hasteten zu dem Mann und schleppten ihn aus dem Saal. Triumphierend setzte ich mich an das frei gewordene Klavier und begann – mit Blick auf die Zusammensetzung des Publikums – Zigeunerschnulzen und Gassenhauer aus dem Gaunermilieu zu variieren. Ich erntete stürmische Ovationen.

Mit Tobolewski freundete ich mich recht schnell an. Was die Schlägerei im Restaurant nur noch beförderte. Nach und nach erfuhr ich Einiges über sein Leben. Tobolewski war ein Finanzmagnet oder -magnat, das Geld floss ihm von überall her zu. Eigentlich hieß er Nikolai. Den Namen Mikula hatte er sich aus unerfindlichen Gründen selbst verliehen. Ich ordnete Tobolewski jener erstaunlichen Art russischer Männer zu, die ihre Frau beim Kartenspiel versetzen, aber auf den Barrikaden sterben, um die Unabhängigkeit einer rückständigen afrikanischen Republik zu verteidigen. Manchmal schien mir, er müsse in Afghanistan gekämpft haben, aber sein Alter passte nicht in dieses Bild. Es war etwas Ganovenhaftes an ihm, obwohl er nie gesessen hatte. Er machte den Eindruck eines gebildeten Menschen, der auf vielen Gebieten Bescheid weiß, dann wieder irritierte das himmelschreiend Kindische seines Denkens und Tuns. In solchen Augenblicken überlegte ich, wie er es bloß schaffte, die Millionen nicht nur zu verdienen, sondern auch noch zusammenzuhalten. Ich fand keine Erklärung und musste mir eingestehen, dass Tobolewskis ganze großrussische Schreihalsigkeit, seine Extravaganz und exaltierte Widersprüchlichkeit wohl nur Teil eines geschickten, bis ins Letzte ausgeklügelten Spiels waren. Oder er hatte einfach unverschämtes Schwein.

Das Volk liebte ihn und verzieh ihm den Reichtum, die Limousine, das dreistöckige Haus und die Villa in Nizza, die er angeblich besaß. Tobolewski kehrte demonstrativ seine Verbundenheit mit den einfachen Leuten heraus. Er ließ den Wagen halten und stieg aus auf ein Schwätzchen über Mühsal und Plage des Lebens, was natürlich nicht ohne Tränen abging. Er gab Geld für den Bau von Heimen, Krankenhäusern und Kirchen. Bei derlei Aktionen zog er stets das Fernsehen hinzu und hielt entlarvende Reden, umrahmt entweder von alten Frauen oder von Gelähmten in Rollstühlen. Einmal wollte ihm die Obrigkeit wegen irgendwelcher Sünden an den Kragen, aber Tausende traten für den Volksbemitleider ein. Tobolewski musste freigelassen werden. Es war noch keine Woche vergangen, da stellte er sich an die Spitze eines reichlich undurchsichtigen Protests. Die Menge im Schlepptau, zog er an einem frostigen Februarmorgen vor das Haus des Bezirksgouverneurs – barfuß, ohne Mantel, bloß ein Hemd auf dem Leib. Unter den Fenstern des Gouverneurs machte er Halt und rief hinauf, dieser möge »den morgendlichen Schmerz des Volkes« entgegennehmen. Der Bezirksgouverneur ließ sich nicht blicken. Tobolewski probte noch eine Weile malerisch den Aufstand und berief eine Kundgebung ein, auf der er dem Volke Worte sagte, die es verstand. Dann wurde ihm kalt, er setzte sich in sein Auto und brauste davon. Von diesem Tag an hieß Tobolewski nur noch Väterchen Wohltäter.

Auch mir bezeugte er die ganze Selbstaufopferung seiner temperamentvollen Seele. Fürs Erste holte er ein paar Jungs von irgendeinem Fernsehsender heran, die eine ziemlich rührselige Story über mich drehten: Ich mit Bachatow in einem Zimmer – erbärmliches Elend; ich am Klavier – unsterbliche Harmonie; ich mit Tobolewski – der Triumph der Gerechtigkeit. Am Ende der Sendung wurde meine Kontonummer eingeblendet, auf die Tobolewski ein hübsches rundes Sümmchen überwies.

Danach bekam ich einen Frack genäht. In diesem Kunstwerk sah ich zwar besonders bucklig, aber höchst elegant aus. Dabei hatte ich gehofft, die geschickten Hände des Schneiders würden mein grausiges Gebrechen wenn schon nicht verschwinden lassen, so doch wenigstens kaschieren. Aber weit gefehlt. Und ich begriff: Tobolewski würde mich um keinen Preis der Welt gegen einen ranken, schlanken, makellosen Genius eintauschen.

Kurze Zeit später fuhren wir nach England. In der Stadt Leeds fand ein Klavierwettbewerb statt, den ich gewann. Offenbar hatte Tobolewski bewusst dieses Land gewählt. Wie ein geborener Impressario schlug er das Maximum aus meinem Äußeren und meinem königlichen Namen heraus. In der internationalen Presse erschienen erste Meldungen über mich, Tobolewski sammelte sie freudig. Neben meinem Namen prangte stets auch der des russischen Mäzens Mikula.

Die Rezensionen bewegten sich zwischen geistreichem Verriss und Lobeshymne. Ein Witzbold von Schreiberling verglich mich mit der Puppe Petruschka, dem unabdingbaren Beiwerk russischer Jahrmärkte. Seinen Worten zufolge verkörperte ich, spitzhöckrig und wie ein Hanswurst anzusehen, das Sinnbild von altem und neuem Russland in einem. Natürlich wurden diese Hirngespinste in sehr korrekter Form präsentiert. Der schmeichelhafteste all der Vergleiche, die meinen Hochmut hätschelten, stellte mich neben einen berühmten buckligen Geiger des neunzehnten Jahrhunderts: Niccolo Paganini.

Seltsamerweise blieben von Reise und Land kaum Eindrücke in mir haften, neu waren jedoch der Flug und das märchenhaft komfortable englische Zugabteil. Wieder zu Hause, erwartete mich eine eigene Wohnung – wenn man es so nennen kann, glichen die Räume doch eher einem riesigen Studio. Sie nahm ein ganzes Stockwerk ein. Auch dafür hatte Tobolewski gesorgt. Neben den Möbeln und der sonstigen Ausstattung gab es ein wunderbares Klavier, ein Konzertmodell, die Dauerleihgabe eines Museums.

Nach einem flüchtigen Blick auf die neue Behausung eilte ich schnurstracks zu Bachatow, der mich begrüßte, als hätten wir uns erst gestern getrennt. Er sah erschöpft aus. Seine Emotionen waren verhalten, doch ich erkannte, dass er sich für mich freute. Atemlos erzählte ich ihm von dem Flugzeug und dem verzwickten Waschbecken im Hotelzimmer und packte die Taschen mit den Mitbringseln aus. Bald türmten sich auf dem Fußboden mehrere Haufen Kleidungsstücke und Schuhe. Natürlich war ich nicht selbst durch die Läden gerannt, sondern jemand von Tobolewskis Bediensteten. Ich hatte nur aufgeschrieben, was besorgt werden sollte.

Bachatow stieg gleich aus seinen Sachen, um die Geschenke anzuprobieren, und ich sah auf seiner Brust gerade verheilte blutverkrustete Stellen. Der Beginn des Wettbewerbs musste zeitlich mit dem

Ritual des Nägelkauens zusammengefallen sein. Als er meinen Blick bemerkte, lachte Bachatow verstehend auf, und mir wurde klar, warum er so überzeugt gewesen war vom glücklichen Ausgang meiner Reise: Er hatte ihn selbst vorbereitet.

Die neuen Sachen gefielen Bachatow, besonders die Jeans und die Lederjacke mit dem Reptilaufdruck. Bis Mitternacht schauten wir uns Fotos vom Wettbewerb und die bunten Prospekte und Ansichtskarten an, die ich noch auf dem Flughafen gekauft hatte. Natürlich schlug ich Bachatow sofort vor, zu mir zu ziehen, wunderte mich aber nicht allzu sehr, dass er ablehnte. In seinem Gesicht spiegelten sich Verlegenheit und Pein. Er murmelte etwas Zusammenhangloses, schüttelte dabei jedoch entschieden den Kopf, seine Intonation war bittend. Ich verstand ihn und beeilte mich zu versichern, es sei ja nur ein Vorschlag gewesen. Bachatow verteidigte sein Recht auf ein geheimes Leben.

Ansonsten änderte sich nichts. Nach wie vor sahen wir uns fast täglich. Bachatow arbeitete in seiner Wohnungsverwaltung, und ich bereitete mich, angestachelt von Tobolewski, auf den nächsten Wettbewerb vor. So kamen wir über den Winter.

Ein Projekt, das ich gemeinsam mit Bachatow in Angriff nahm, war die Suche nach unseren Eltern. Die lateinamerikanischen Fernsehserien hatten in unseren empfänglichen Hirnen Spuren hinterlassen. Wir schalteten Zeitungen und Rundfunk ein. Ich glaubte nicht besonders an den Erfolg des Unterfangens, doch da sich Bachatow – sonst überhaupt keine romantische Natur – der Sache mit Eifer widmete, streckte ich die Waffen und begann gleichfalls zu warten und zu hoffen.

Bachatow führte ins Feld, früher hätten wir nur Nachteile gebracht, seien lästige Kostgänger gewesen, jetzt aber, mit unserem guten Einkommen, müssten wir ein Glück sein für alle Eltern. Und tatsächlich, nach ein paar Wochen erhielt ich einen Brief. Von irgendwo aus der Ferne schrieb mir meine leibliche Mutter. Volle zwei Seiten lang weinte sie und bat erst um Verzeihung und dann um Geld, damit sie ihr Söhnchen so schnell wie möglich besuchen kommen könne.

Mit meiner Ruhe war es vorbei, Bachatow aber rieb sich vielsagend die Hände. Wir lasen den Brief wieder und wieder und versuchten uns ein Bild zu machen von dieser Mutter, doch heraus kam nur ein Klecks, tränenfeucht und verschwommen. Was der Brief im Dunkeln ließ, war die Frage, wie sie mich verloren hatte. Statt einer Erklärung fand sich nur ein rührender Absatz über ausgeweinte Augen.

Als Erstes beschloss ich, ihr schnellstens Geld zu schicken, zumal mir die erbetene Summe keine Probleme bereitete. Aber Bachatow redete es mir aus und bestand darauf, dass ich selbst zu ihr nach Hause fahren solle. Ich wollte schon für die Reise packen, da irritierte mich plötzlich ein Detail. Mama schrieb,

»Gloster« sei ihr Mädchenname gewesen. Ihrer Schilderung nach war es so, dass mein Papa uns im Stich gelassen und sie mir deshalb ihren Namen gegeben hatte.

Hier lag der Hase im Pfeffer. Ich wusste hundertprozentig, dass ich einen künstlichen Familiennamen trug. In meinen Windeln befanden sich keinerlei Papiere, als sie mich auflasen, vielleicht bei einer Müllkippe, vielleicht auf einer Parkbank. Vielleicht fischten sie mich auch aus dem Fluss, wer mochte das heute noch wissen? Also verschob ich die Abreise um einen Tag, um zunächst meine Herkunft zu klären.

Ich rief Tobolewski an. Er ließ seine Beziehungen spielen, und abends erhielt ich die Nachricht, der Arzt, der mich damals im Säuglingsheim in Empfang nahm, habe mich aus einer Laune heraus unter »Gloster« eingetragen. Jeder Irrtum war ausgeschlossen, Mama musste da etwas durcheinander bringen.

Ich wäre trotzdem zu ihr gefahren, aber binnen weniger Tage erhielt ich noch etwa ein halbes Dutzend Briefe von verschiedenen Elternteilen, Mamas und Papas. Die ganze Verwandtschaft steckte in einer heillosen finanziellen Misere, hatte fliehen müssen oder Haus und Hof durch Feuer verloren und bettelte um Geld per Überweisung, postlagernd. Und alle schienen so herzensfreundlich, dass ich keinem den Vorzug gab und Waise blieb.

Bachatow bekam nicht einen einzigen Brief. Das machte mich fuchsteufelswütend auf sämtliche nahen Verwandten. Ich versicherte dem entmutigten Bachatow, wir kämen auch prima ohne sie aus. Um ihn zu beruhigen schlug ich vor, wir könnten unser altes Internat und dabei gleich noch Ignat Borissowitsch besuchen. Tobolewski schickte uns ein Auto und mit ein bisschen Herzklopfen fuhren wir los.

Ich hatte Veränderungen erwartet, aber nicht solche. Das Internat gab es nicht mehr. Nur noch die Außenmauern, und selbst die glänzten neu verputzt. Aus den Fenstern waren die Gitter verschwunden. Die Spielplätze freuten sich ihres neuen, frisch gestrichenen Lebens, auf dem Sportplatz grasten keine Ziegen mehr. Hoch am Himmel knatterte eine apfelsinenfarbige Fahne mit unbekanntem Emblem. Alles hatte wieder seine angestammte Ordnung. An Stelle des Internats, das vorher ein Pionierlager gewesen war, gab es jetzt ein Pfadpfindercamp, leer wie ein ausgepumpter Magen. Dieses Bild wirkte niederschmetternd – das Internat war uns stets wie ein unverrückbarer Fels in der Brandung erschienen.

Unser Ignat Borissowitsch hatte merklich abgebaut während des vergangenen Jahres. Er sah hinfällig aus und in seinem trunkenen Blick lag weltentrückte Versonnenheit. Er empfing uns freundlich – wie Gestalten aus einem längst vergessenen, guten Traum. Die Kränkung hinunterschluckend, erzählte Ignat, er sei, als man das Internat für unrentabel erklärt und geschlossen habe, in die Rente abgeschoben worden. Dann habe irgendeine Organisation das Gebäude und den dazu gehörigen Boden gekauft. Ignat wusste nicht wohin und diente sich den neuen Besitzern als Verwalter an, mit dem Argument, er sei ein Wirtschafter alter Schule und zwanzig Jahre lang hier tätig gewesen. Er durfte bleiben, und so lebte er nun seines schwachsinnigen Königreichs beraubt, als einsamer Lear – Herr über Laken und allerlei Sportgerät aus Gummi. Seiner Schwäche für geistige Getränke eingedenk, hatte ich hochprozentige Geschenke mitgebracht. Ignat brach vor Rührung in Tränen aus.

Wir machten es uns in dem Kämmerchen bequem, das ihm jetzt als Arbeitszimmer diente. Ignat deckte den Tisch und wir tranken auf die gemeinsamen alten Tage. Plötzlich geriet Ignat in helle Aufregung.

»Komm mit«, sagte er zu mir und zog mich nach draußen.

Mein Herz krampfte sich kaum merklich zusammen, als ich begriff, wohin er seine Schritte lenkte. Wir gingen um das Internat herum. Bachatow trottete lustlos hinterdrein.

Auch unser Friedhof existierte nicht mehr. Die jungen Pfadpfinder machten keine Anstalten zu sterben, womit die Notwendigkeit eines Bestattungsortes entfiel. Vor kurzem noch Ignats irdisches Lieblingswerk, war er zu einem prächtigen Park umgegraben worden. Über gepflegte Wege gingen wir zu einer frisch angelegten Rabatte. Sie bestand aus rhombenförmigen Blumenbeeten, die sich zu einem akkurat ausgerichteten Viereck fügten. Ignat führte mich zu einem Rhombus, in dem bunt durcheinander Vergissmeinnicht und Stiefmütterchen blühten. Er sagte:

»Hier. Ich habe extra Acht gegeben auf das Fleckchen, weil ich wusste, du würdest an ihrem Grab sitzen wollen. Nun siehst du, wie schön es ist.«

Ich konnte nicht begreifen, wie er meinem Geheimnis auf die Spur gekommen war.

»Ich weiß noch viel mehr«, sagte Ignat Borissowitsch, als würde er meine Gedanken lesen. »Das von denen da, den Verschwundenen. Aber lass nur, du brauchst keine Angst zu haben, ich schweige wie ein Grab.« Er hatte meine Verwirrung bemerkt. »Wer bin ich denn, die sind mir doch schnurzegal ... Hauptsache, es langt für ein Gläschen, alles andere kann mir gestohlen bleiben ...«

Die Worte an sich klangen uneigennützig, doch in seiner Stimme erkannte ich kalt rechnende Gier. Ich bezahlte sein zukünftiges Schweigen. Das Geld würde todsicher reichen, selbst noch für das Delirium. Wir standen eine Weile vor dem Blumenbeet mit den leiblichen Überresten meiner Frau Nastenka, dann gingen wir zurück, um die Flasche auszutrinken.

Der so plötzlich über ihn gekommene Reichtum ließ Ignat Borissowitsch vollends aus dem Häuschen geraten. Er beschaffte noch eine Flasche vom Besten, was hier zu haben war, und wir sangen bis zum Abend Lieder für Kinderchöre. Dann brachen wir auf. Ignat Borissowitsch kam mit vor die Tür und winkte lange hinter unserem Auto her.

Das war er also, der Besuch im Vaterhaus, und er gab uns die Ruhe wieder. Was ich zumindest für mich sagen kann.

Bald fand sich eine ganz passable Möglichkeit, meine Fähigkeiten zu erproben. Der berühmte Bass Andrej Saporoshez bot mir an, mit ihm zusammen aufzutreten. Er erarbeitete gerade ein Kammermusikprogramm, das aus Werken Modest Mussorgskis bestand: den Zyklen »Lieder und Tänze des Todes« und »Ohne Sonne«. Bisher hatte er alle Bearbeitungen abgelehnt. Nach seinen Vorstellungen gebührte der dominierende Platz im Orchester der Orgel, jenem Instrument, dessen Klang sich so natürlich mit der Atmosphäre von Begräbnissen verband. Vervollständigen sollten die Stimmung verschiedene Lichteffekte, lumineszierende Dekorationen und Kostüme im gotischen Stil. Das gesamte Werk verwandelte sich so in einen Dialog zwischen Sänger und Organisten als den beiden Hauptakteuren, die Leben und Tod symbolisierten.

Für mich wurde ein hochinteressantes Kostüm entworfen – nach einem Stich von Albrecht Dürer. Der Kostümbildner besorgte einen Stoff, dessen grobe Struktur dem trüben Glanz eines Ritterharnischs nachempfunden war, und nähte mir daraus das passende mittelalterliche Gewand. Der Maskenbildner gab sich ebenfalls größte Mühe: Mein Gesicht wurde zum knöchernen Antlitz des Todes. Die Schlagzeuger und Bläser schminkte man als Gehenkte und Totengräber.

Ich war begeistert von dieser originellen Idee und schlug Saporoshez vor, die Werke nicht zu trennen, sondern ohne jede Pause zu einer konzertanten Perlenschnur zu reihen. Ich plante die thematischen Übergänge so, dass der Sänger das Kostüm wechseln konnte, das Publikum aber nicht aus dem musikalischen Konzept herausfiel. Saporoshez akzeptierte meine Vorschläge bereitwillig.

Wir arbeiteten schnell und harmonisch. Nach einem Monat stand das Programm. Die Premiere sollte im Kleinen Saal des Opernhauses stattfinden. Natürlich musste wieder Tobolewski einspringen: Es bleibt sein Geheimnis, wie und woher er eine Orgel mit solch überwältigendem Timbre auftrieb. Es dauerte einige Tage, bis man sie in das Theater gebracht und auf der Bühne zusammengebaut hatte. Überhaupt löste Mikula Antonowitsch fast alle technischen und administrativen Probleme.

Als unser Triumph vollendet war, sagte Tobolewski in einem Fernsehinterview, ihm schwebe eine Wiederbelebung der »russischen Saisons« in Paris vor. Ich gestehe, dass ich fest daran glaubte, das Ziel unserer nächsten Reise sei Paris mit der Kathedrale Notre-Dame, wo Tobolewski für seinen russischen Quasimodo ein Orgelkonzert organisieren würde.

Es konnte keinen Zweifel geben: Eigentlich träumte Mikula Antonowitsch davon, ein russisches Panoptikum auf die Beine zu stellen, eine Truppe aus tanzenden, fidelnden, klimpernden Monstern und Missgeburten. Die Kunst selbst interessierte ihn wenig.

Meine ungute Ahnung von Tobolewskis geheimen Neigungen eines Comprachicos bestätigte folgender Fakt: Bei seinen Streifzügen durch die sibirische Wildnis hatte er ein neues Spielzeug gefunden – den taubstummen Ringer Kaschtschejew, einen Zweimetermann von schier ungeheuerlicher Kraft. Ich empfand sogar Eifersucht, hauptsächlich deshalb, weil ich mir vorstellte, wie der schweißnasse Kaschtschejew im Umkleideraum saß – zufrieden, denn er hatte gerade wieder einem Gegner den Hals umgedreht –, und vor der Tür Tobelewskis Bass röhrte:

»Na, wo ist er denn, euer neuer Gerassim, nun zeigt ihn mir schon!«

So kurios es auch klingt – ich kam der Wahrheit damit erstaunlich nahe. Um Kaschtschejew an die Geldturbine anzuschließen, organisierte Tobolewski ein Gedächtnisturnier zu Ehren des legendären Sportlers Iwan Poddubny und stiftete dafür beachtliche Siegprämien. Dieser Köder verlockte viele Ringkampfgrößen zur Teilnahme, und die Stadtverwaltung und mehrere führende Fernsehgesellschaften schalteten sich in die Aktion ein.

Kaschtschejew verstand sein Handwerk. Er legte die Gegner reihenweise aufs Kreuz. Bei der feierlichen Siegerehrung hielt Tobolewski eine lange Rede, die in den Worten gipfelte, »unserem Champion« sei außer Pokal und Preisgeld noch ein kleines

Geschenk zugedacht. Die Tatami betrat ein reizendes junges Mädchen mit einem Hundewelpen – einem Spaniel – auf dem Arm. Die Zuschauer jauchzten vor Rührung, als der riesenhafte Kaschtschejew, der noch vor einer halben Stunde blindwütig Wirbelsäulen geknackt hatte, behutsam den kleinen Hund nahm und an die Brust drückte. Tobolewski strich sich lächelnd über seinen Turgenjew-Bart.

Aber das genügte ihm nicht. Kurz nach dem Gedächtnisturnier organisierte er Freistilkämpfe in westlicher Manier, mit Kaschtschejew als Favoriten. Und selbstverständlich stand, während der Riese im Ring Rippen brach und Leiber verstümmelte, hinter der Bande einer von Tobolewskis Leuten mit dem Hund. In den Pausen nahm Kaschtschejew das Tierchen auf den Arm und streichelte es.

Das musste der Neid ihm lassen: Kommerziell lief mir Kaschtschejew den Rang ab. Er war spektakulärer und deshalb einträglicher als ich. Darin lag eine reale Gefahr. Tobolewski konnte meine Finanzierung jederzeit einstellen, und nicht etwa deshalb, weil er knauserig war, sondern weil er ganz einfach vergessen würde, dass es mich gab. Meine Stimmung sank. Ich wollte Tobolewski sogar schon ein Duell zwischen mir und Kaschtschejew vorschlagen, ich vertraute voll und ganz auf meine Kraft. Und ich fand Gelegenheit, meine kämpferischen Fähigkeiten auszuloten – bei einer der Partys, die Mikula Antonowitsch so gern für seine nächste Umgebung gab.

Wir saßen auf Tobolewskis Datscha beisammen. Der Hausherr fuhr so viel erlesene Speisen und vor allem so viele Getränke auf, dass die meisten Gäste gegen Abend bereits restlos betrunken waren. Alle, außer mir und Tobolewskis neuem Hätschelkind: Mikula Antonowitsch hatte ihm striktes Alkoholverbot erteilt.

Wieder einmal sang der Hausherr Lobeshymnen auf seinen Kaschtschejew, der neben ihm hockte wie ein riesiger hautüberzogener Findling. Der glückstrahlenden Prahlerei folgte eine Demonstration von Kaschtschejews physischer Kraft. Ich wollte nicht nachstehen, schürzte aus einem fingerdicken Nagel einen Knoten und knüllte einen Kanister zusammen wie eine Importbierbüchse. Die Gäste und Tobolewski und Kaschtschejew gerieten regelrecht aus dem Häuschen. Ich spürte, dass der richtige Moment gekommen war, und forderte Kaschtschejew zum Duell heraus. Tobolewski überlegte einen Moment und willigte ein.

Wir gingen auf die Rasenfläche hinter dem Haus. Hier wurde sonst Schlagball gespielt, Lapta oder Gorodki – nur russische Spiele, Mikula Antonowitsch wollte es so. Der Rasen taugte aber durchaus auch für einen »Faustkampf«, wie Tobolewski es nannte.

Kaschtschejew zog das Hemd aus, ich folgte seinem Beispiel und entblößte mich bis zum Gürtel. Wir beide bildeten ein Paar, wie es gegensätzlicher nicht sein konnte. Er überragte mich fast um das Doppelte.

Freilich, würde man mich gerade biegen, käme ich schon auf eine respektable Größe, das hatte sich herausgestellt, als der Schneider ein Bandmaß an meinen Buckel legte. Unglücklicherweise wirkte ich immer irgendwie ausgedörrt und krankhaft bleich.

Auch Kaschtschejew konnte sich keiner antiken Schönheit rühmen, dafür strahlte er aber eine barbarische Kraft aus – wie der kunstfertig zurechtgehobelte Stamm einer Eiche. Wir gingen aufeinander los, und ich begriff sofort, was für ein Kaliber Tobolewskis Liebling war. Meine Arme konnten noch mithalten, doch Halswirbel und Rückgrat bebten, als wären sie Kringel auf einer Schnur. Ich sah, dass dort, wo meine Finger zugepackt hatten, Kaschtschejews Haut blutrot anlief. Doch er war viel robuster als ich und gewohnt, Schmerz zu ertragen. Ein Moment der Unachtsamkeit – und mein Genick wäre entzwei gewesen, wenn Tobolewski nicht das Duell beendet hätte. Wir kehrten an den Tisch zurück. Den Rest des Abends bewegte ich vorsichtig meine schmerzenden Gelenke, Kaschtschejew aber saß da, rieb die dunkelroten Blutergüsse auf seinen Schultern und brabbelte Tobolewski seine traurigen Gedanken ins Ohr.

Natürlich gab es noch einen anderen Weg, Kaschtschejew Paroli zu bieten. Doch dazu hätte man einen Geiger mit zwei Köpfen auftreiben müssen, eine epileptische Cellistin oder einen Flötenspieler mit Kartoffelkeimen statt Beinen – kurz eine Mannschaft von der Art jenes Liliputzirkus, wie er Tobolewski eigentlich vorschwebte.

Dann kam mir zu Ohren, Mikula Antonowitsch wolle Kaschtschejew bei einer renommierten Meisterschaft in Athen groß herausbringen. Der Termin fiel mit meiner Reise zu einem Wettbewerb in Bologna zusammen.

Ich rief Tobolewski an, um die nötigen Absprachen zu treffen und herauszufinden, was Sache war. Natürlich stellte ich keine Bedingungen, Gott bewahre, ich erkundigte mich einfach, wann wir losfliegen würden. Tobolewski erwiderte bekümmert, er könne mich diesmal nicht begleiten, versprach aber, für Tickets, Hotel, Dolmetscher und alle anderen Dinge zu sorgen.

Die Schule ging fast unbemerkt zu Ende. Ich bestand die Abschlussprüfungen, absolvierte ein Konzert und erhielt die entsprechenden Zeugnisse. Mein guter Engel – der Dekan Valentin Walerjewitsch – erwartete mich bereits mit offenen Armen am Konservatorium. Bis zur Aufnahmeprüfung blieben noch drei Monate, und ich dachte, das Einzige, was Bachatow und ich noch nachzuholen hätten, sei der Aufenthalt in einem Kinderkurort. Ich konnte Bachatow überreden, er nahm Urlaub und wir fuhren auf die Krim, nach Jewpatorija.

Den lieben langen Tag saßen wir am Strand, dicht am Wasser. Neben uns reckten bis zum Hals eingegrabene Pepsi Colas ihre flachen Flaschenköpfe empor und ganz in der Nähe gruben poliomyelitische Kinder winzige Katakomben in den Sand. Die Möwen, die auf uns herabäugten, schrien vor Entsetzen. Das überwältigende Meer ließ trübe Wellen schaukeln, auf deren Kämmen angeknabberte Früchte hüpften wie Schwimmer an einer Angelschnur. Mehrmals am Tag zeigte sich am Horizont das weiße Profil eines Liniendampfers. Dann hatten es alle vor Augen, das baldige Glück, dem man zuwinken wollte. Von dieser Reise sind ein paar Fotos geblieben, die mich und Bachatow zeigen. Auf einem steht er am Saum des Meeres, einen aufblasbaren Delphin unter dem Arm.

Nach unserer Rückkehr begann ich mich intensiv auf den Ausscheid vorzubereiten. Ich nahm Werke von Liszt, Skrjabin, Ravel und Rachmaninow in mein Programm. Den letzten Schliff gab ich ihnen vor Publikum bei acht Konzerten in der Philharmonie. Die Kritiker schrieben, nie zuvor sei mein Spiel so gut gewesen. Sicher hatten sie Recht.

Während des letzten halben Jahres war es mir gelungen, verlässliche Beziehungen zu meinem inneren Musikanten aufzubauen. Früher hatte ich erst in der Mitte eines Werkes seine Rufzeichen vernommen und mich auf die richtige Wellenlänge eingestellt. Wenn er die Führung übernahm, schaltete ich ab. Er füllte meine leeren Hände, und ich spielte besser als alle anderen. Er war wirklich verrückt, der da in meinem Buckel, ein wahrhaftes Monster. Jede Sekunde seines

Lebens war von Höllenqualen durchdrungen, die er verschweigen musste, da er keine Sprache besaß. Ich weiß, dass er nicht außerhalb meines Körpers leben konnte, denn von Geburt an fehlte ihm die Haut. Seine nackten, bloßen Finger – fleischumhüllte Knochen – spielten, so teilte er sich mit. Auch das bereitete ihm ungeheure Qualen, doch begierig, die Welt daran teilhaben zu lassen, bezwang er den Schmerz durch Schmerz. Das Ergebnis überstieg alles Vorstellbare, es waren Tränen nie gekannter Reinheit. Vielleicht klassifizierten deshalb viele meine Art zu spielen als depressiv, aber unübertroffen eigen.

Tobolewski brachte mich zum Flughafen. Ich flog nach Moskau, wo ich in eine Boing Richtung Bologna umsteigen sollte. Mikula Antonowitsch wünschte mir Erfolg und überreichte mir zwei kleine Rollen Dollarscheine, die ein Gummi zusammenhielt. Erst in Italien wickelte ich sie auf. Die erste Rolle bestand aus 50-Dollar-Noten für größere unvorhergesehene Ausgaben, die zweite aus kleineren Scheinen für Trinkgelder und allerlei Krimskrams.

In Bologna war ein Bus gemietet, der mich an mein Reiseziel brachte. Wir fuhren nach Bolcano, in den Norden Italiens. Das Hotel hatte wie immer fünf »Cognac-Sterne« und dank Tobolewski standen mir zwei persönliche Begleiter zur Verfügung: ein Dolmetscher, verhuscht wie eine Maus, und ein umgänglicher Leibwächter, der zugleich die Pflichten eines Kammerdieners erfüllte.

Während die Formalitäten erledigt wurden, unternahm ich eine Stadtrundfahrt. Am nächsten Tag fand die Eröffnung des Wettbewerbs statt, ich fühlte mich leicht und war sogar bereit, den Fotografen Modell zu stehen. Später sah ich in den Journalen mein Hochglanzgesicht – weiß retuschiert, mit langen schwarzen Haarsträhnen, die an Stirn und Wangen festgepappt schienen.

Es geschah in der zweiten Runde, unverhofft und schmerzlich. Ich hatte gut gespielt, doch plötzlich zerplatzte etwas Blutführendes, ein Gefäß in meinem Kopf und verklebte mir die Augen, strich wie mit Kohlefingern über meinen Kopf. Ich drohte zu ersticken, rang nach Luft, konnte nicht mehr ausatmen. Es zerriss mich wie einen Luftballon, krümmte mir das Rückgrat und stieß links, wo das Herz ist, eine lange, spitze Nadel unter mein Schulterblatt. Lähmend wie Gips stieg eine Welle der Stummheit vom Kreuzbein aufwärts und mein Rückenmark verwandelte sich in einen eisernen, eiseskalten Schaft. Ich versuchte, meinen Verstand auf die Musik umzuschalten, vernahm jedoch keinen Ton. Für einen Augenblick dachte ich, alle Saiten seien geplatzt oder einfach verschwunden und ich hätte deshalb aufgehört zu spielen. Das Klavier war taub und stumm. In meinem entleerten Buckel heulte Friedhofswind.

Schließlich kehrte mein Gehör zurück und ich konnte wieder etwas erkennen. Der Schmerz im Rücken ließ nach. Die Starre tröpfelte langsam aus meinen Beinen. Offenbar hatte der Anfall nicht länger als zehn Sekunden gewährt. Doch der Schreck saß tief. Derartiges war mir noch nie passiert. Den Rest des Programms spielte ich rein mechanisch herunter.

Meine Hoffnung, die ohnmachtsnahe Stockung sei unbemerkt geblieben, erwies sich als vergebens. Hinter den Kulissen fragte man mich sofort, wie ich mich fühle. Ich wusste nicht, was richtig oder falsch war, und sagte deshalb, es gehe mir gut. Ein sanftmütiger Arzt kam. Er betastete mich mit schmalen Fingern und empfahl eine klinische Untersuchung.

Mein Kammerdiener hetzte, bleich vor so viel unverhoffter Verantwortung, durch das Hotelzimmer und dichtete alle Fensterfugen ab, als wolle er sich mit Gas vergiften.

»Das ist dieser saumäßige Durchzug überall«, beruhigte er mich. »Warum setzt du aber auch deinen Sombrero nicht auf«, zeterte der Bursche. Er meinte meine alte Strickmütze, die er mir nun fürsorglich über den vermuteten Herd der Osteochondrose streifte. Er hüllte mich in eine Decke, obwohl draußen dreißig Grad Hitze herrschten. Dann hielt er mir die Hand an die Stirn, um zu fühlen, ob ich Fieber hatte. Das Ergebnis befriedigte ihn. Er klappte meine Lider hoch.

»Gerötet. Ein schlechtes Zeichen.« Er griff zum Telefonhörer und brachte das russische Konsulat auf die Beine.

»Es ist doch alles in Ordnung mit mir, was regen Sie sich so auf?«, sagte ich.

Aus dem Konsulat kam ein Auto und ich wurde ins Krankenhaus gebracht. Das Enzephalogramm zeigte keinerlei gravierende Veränderungen. Mein Vormund strahlte und schloss vor Freude jeden in die Arme.

»Also, alles in bester Ordnung! Und ich Angsthase denke schon, er hat vielleicht die Bechterewsche Krankheit oder Parkinson … Nichts dergleichen? Na, Gott sei Dank!«

Ich gab mir größte Mühe, wieder in Stimmung zu kommen, doch die Unruhe wollte nicht weichen, sie hielt mein Herz wie mit Spinnweben umschnürt. Ich wickelte sie ab, Faden für Faden, und mit jedem Faden verschwand ein Grund, besorgt zu sein. Ich überlegte: Keiner hatte mich vom Wettbewerb ausgeschlossen. Auf einen der ersten Plätze konnte ich sicher nicht mehr hoffen, aber für ein Diplom reichte es allemal, und das war schließlich auch etwas. Die bloße Teilnahme an einem gediegenen Wettbewerb wie diesem konnte einem die Karriere sichern, und ich hatte immerhin schon einen Namen. So versuchte ich mich selbst zu beruhigen, bis der Schlaf kam.

Tatsächlich durfte ich auch in der letzten Auswahlrunde spielen. Allerdings zeigte ich nicht gerade eine Glanzleistung, was mir selbst am wenigsten verborgen blieb. Es lag nicht an der Technik – es fehlte die Inspiration. Ich spielte mit ertaubtem Rücken, ohne den gewohnten Führer, deshalb entlockten meine Finger dem Klavier keine Töne, sondern schienen Nüsse zu knacken. Ein einziges Prasseln und Krachen – keine Musik. Ich erhielt einen Trostpreis und das Angebot, ein paar Konzerte zu geben, doch ich schlug alles aus.

Die Rückreise erfolgte ohne den früheren Luxus, zweiter Klasse. Das gab mir das Gefühl versagt, das Vertrauen nicht gerechtfertigt zu haben, und nervös erwartete ich die Begegnung mit Tobolewski. Er holte uns am Flughafen ab, nachdenklich und in sich gekehrt.

Ich sagte sofort:

»Seien Sie nicht enttäuscht, Mikula Antonowitsch, das nächste Mal wird es besser.«

»Ach, zum Henker mit diesen korrupten Schranzen. Für die ist es doch ein gefundenes Fressen, wenn sie einen Russenmenschen düpieren können!« Tobolewski ließ eine Tirade vom Stapel. Doch ich spürte, dass hinter der Fassade der nationalen Kränkung ein anderer Gedanke lauerte, den er vor mir nicht aussprechen wollte. Tobolewski machte eine Pause und sagte dann:

»Dein Freund steckt in großen Schwierigkeiten.«

»Was für Schwierigkeiten?« Ich bemühte mich, ruhig zu sprechen, doch in meinem Inneren begann ein Fleischwolf zu mahlen. Dass etwas Schlimmes mit Bachatow geschehen sein musste, hatte ich bereits in Italien begriffen, doch dieses Wissen aus Angst in den hintersten Winkel meines Bewusstseins verdrängt. Ich nannte ein Datum – den Tag meines Versagens. »Es stimmt, nicht wahr, Mikula Antonowitsch?«

Unwirsch fuhr Tobolewski meinen Kammerdiener an:

»Solltest du nicht den Mund halten, du Idiot?!«

»Habe ich doch! Von mir weiß er nichts!«, konterte der Bursche gekränkt. »Sag selbst, Saschka!«

»Er hat wirklich nichts verraten, Mikula Antonowitsch, ich bin von allein darauf gekommen. Sagen Sie mir lieber, was mit Bachatow passiert ist!«

»Einen Menschen hat er umgebracht.« Tobolewski staunte gleichsam selbst über das Geschehen. »Und nicht einfach umgebracht, den Kopf hat er ihm abgebissen. So was Bestialisches aber auch!« Tobolewski zog unter dem Kragen den Hals ein. »Bei dir war er doch immer normal, oder?«

Mikula Antonowitsch kannte Bachatow. Er war ein paar Mal bei ihm gewesen – in der Hoffnung, ein weiteres talentiertes Monster zu entdecken. Manchmal benutzte er ihn auch für seine Anwandlungen von Wohltätigkeit. Die milden Gaben – Geld und Lebensmittel – legte Tobolewski stets höchstpersönlich in Bachatows Hände, und immer war eine Kamera dabei.

Ich verstand kein Wort. So etwas konnte Bachatow nicht getan haben. Ein Mord widersprach seinem Naturell, das zwar kalt, aber keinesfalls grausam war.

Bachatow hatte an jenem Tag frei. Abends gab es im Stadtbezirk eine Havarie und man schickte einen

Arbeitskollegen los, um ihn zu holen. Doch der traf Bachatow nicht in der Wohnung an. Dem Obermeister fiel ein, dass sich Bachatow an den Wochenenden oft auf einer verlassenen Baustelle herumtrieb, wo er auf einem Dach stand und wirre Lieder sang, bis die Sonne unterging. Der Arbeitskollege machte sich auf den Weg dorthin, kam aber nicht zurück. Man fand die beiden erst in der Nacht: den Mann mit abgetrenntem Kopf in einer Blutlache, daneben den besinnungslosen Bachatow.

Ich hatte nicht gewusst, wie er schmerzen kann, jener Teil der Seele, der die Liebe beherbergt. Jetzt empfand ich dieses Organ als lebendiges Klümpchen eines leidgewalkten Teigs, den das spitz geriffelte Nudelholz eines unerforschlichen bösen Willens zu einem Fladen auswalzt. Zu guter Letzt war geschehen, was Bachatow so gefürchtet hatte: die Störung seines Rituals. Er hatte mir schon früher gesagt, das dessen Unterbrechung gefährlich sein konnte, doch mir war nicht bewusst gewesen, wie sehr.

»Wo ist er jetzt?«

»In der psychiatrischen Abteilung der Gerichtsmedizin. Er liegt im Koma. Sie haben ihn zuerst in eine Isolierzelle gesteckt, aber da ist er bewusstlos geworden und gleich ins Krankenhaus gekommen.«

Ich konnte die Tränen kaum zurückhalten. Der Gedanke, wie man den hilflosen, weichen Bachatow auf eine Anstaltspritsche zerrte, presste meine Hände in stählernen Spasmen zusammen.

»Mach dir keine Sorgen«, beruhigte mich Tobolewski, »als psychisch Kranker kriegt er nichts ab. Wenn er ein Jährchen unter strenger Aufsicht dort herumgelegen hat, holen wir ihn raus.«

Ich wollte Genaueres wissen, deshalb bat ich Tobolewski, mich zu unserem alten Lehrmeister Fjodor Iwanowitsch zu fahren, einem Zeugen des Unheils. Der Alte war stockbetrunken. Er warf sich mir an den Hals und greinte:

»So ein Unglück, Saschka, so ein Unglück aber auch! War doch ein guter Junge – und jetzt richtet er so was an!«

Er erzählte mir ungefähr das Gleiche wie Tobolewski. Ein paar blutige Einzelheiten ließen das Geschehen auch nicht plausibler werden. Bachatow sollte in einem Anfall krankhafter Wut seinen Arbeitskollegen bestialisch ermordet haben. Ich schwöre, ich hätte gleichmütig hingenommen, dass mein Bachatow ein Mörder war – aber das konnte nicht sein. Es musste eine andere Wahrheit geben, und die galt es zu ergründen.

Ich flehte Fjodor Iwanowitsch an sich zu erinnern, ob Bachatow versucht hatte, seine Tat irgendwie zu erklären. Lange war nichts Vernünftiges aus dem Alten herauszukriegen, er weinte in einem fort.

»Er hat immerzu von einem Hund gesprochen und wollte, dass sie ihn wenigstens für fünf Minuten alleine lassen«, brachte er schließlich hervor.

»Und – haben sie ihn gelassen?«, fragte ich mit einem Fünkchen Hoffnung.

»Nein, er hat um sich geschlagen, da mussten sie ihm was auf die Rübe geben, und danach ist er still gewesen.«

Jetzt gab es für mich nicht den leisesten Zweifel mehr, dass Bachatow nichts mit dem Mord zu tun hatte. Es lag auf der Hand: Der dumme, unglückselige Installateur war von dem Hund aus dem Brunnen zerfetzt worden, das war es, was Bachatow den Leuten hatte sagen wollen. Bachatows Zustand ließ ein Gespräch mit ihm nicht zu, wir mussten abwarten, bis er wieder zu Bewusstsein kam. Außerdem brauchte er intensive Pflege. Tobolewski versprach, sich darum zu kümmern.

Ich muss völlig erschöpft ausgesehen haben. Tobolewski brachte mich auf dem schnellsten Weg nach Hause und ordnete an, ich solle mich erholen. Er rechnete damit, sämtliche Probleme binnen ein paar Tagen aus der Welt schaffen zu können. Ich warf mich auf das Bett mit dem weichen Netzdrahtboden und schaukelte hin und her, um meine Nerven zu beruhigen.

Unerwartet für mich selbst stellte ich fest, dass die fieberhaften Aufwallungen verschwunden waren. Die Besorgnis verflog, hinterließ aber nicht etwa Ruhe, sondern eine seltsame, schmerzende Leere. Eine Stunde später hatte diese Ödnis den ganzen Körper durchdrungen. Für einen Augenblick schien mir Bachatows Schicksal gleichgültig – so als sei er gar nicht vorhanden im Leben. Fast gewaltsam zwang ich mich, Mitgefühl zu empfinden und wach zu bleiben, damit sich die guten Gefühle festigen konnten. Doch ich fiel in kalten, fühllosen Schlaf.

Am nächsten Morgen kam ein Anruf von Slawik, Tobolewskis Chauffeur, der ausrichtete, wir könnten zu Bachatow fahren. Mikula Antonowitsch habe alles arrangiert, sei aber selbst zu beschäftigt, um mitzukommen. Dann druckste Slawik noch ein wenig herum und sagte schließlich, er habe keine Zeit, mich von zu Hause abzuholen, ich solle Punkt elf im Zentrum neben dem Warenhaus sein.

Ich kam ungefähr eine Viertelstunde zu früh. Plötzlich fiel mir ein, dass ich für Bachatow gar kein richtiges Mitbringsel gekauft hatte. Nur Kaviarbüchsen und Obst. Ich hetzte durch die Etagen des Kaufhauses und überlegte krampfhaft, was ich mitnehmen könnte, ohne dass mir etwas einfiel. Alle Dinge schienen aufpoliert, nutzlos und als Geschenk gänzlich ungeeignet. Die Zeit drängte. Ich schaute noch schnell in die Haushaltwarenabteilung und begriff – hier war ich richtig. Mein Blick blieb sofort an einer Packung Plastikdeckel hängen. Genau die brauchte ich. Einmal, weil diese Deckel Erinnerungen an unsere Kindheit weckten und an Bachatows frühe Leidenschaft, auf Kronenkorken und Schraubverschlüssen herumzukauen. Zum anderen taugten sie als eine Art Trainingsgerät bei der Rehabilitation, die Bachatow sicher nötig haben würde.

Ich bemerkte Slawik erst nach einer Weile, weil er nicht wie erwartet mit dem Auto kam, sondern mit einem Kleinbus. Der musste zum Transport von Gütern dienen, denn alle Sitze bis auf einen neben dem Fahrer waren entfernt. Ich dachte verdrießlich, was Tobolewski für ein unpassendes Gefährt geschickt habe, denn es gab keinen Sitzplatz für Bachatow. Doch dann fiel mir ein: Er war ja noch krank, brauchte ärztliche Hilfe und konnte nicht mit uns kommen.

Um halb zwölf erreichten wir die psychiatrische Klinik, in die man Bachatow aus der Isolierzelle heraus verfrachtet hatte. Slawik ließ den Minibus neben dem grauen, nach mittelalterlichen Vorlagen geschweissten Eisentor stehen und wir betraten das Krankenhausgelände. Dort gesellte sich noch jemand zu uns – ein Bursche aus Tobolewskis Leibwache. Er nickte Slawik zu, drückte mir die Hand und folgte uns wortlos.

Ich war verwundert und erfreut zugleich, weil der Krankenhauskomplex unbewacht war und überhaupt nicht kasernenartig wirkte. Insgesamt erinnerte alles eher an den Park eines bescheidenen Sanatoriums – wären da nicht die Gitter an einigen Fenstern gewesen. Aber vielleicht lag Bachatow ja in einem gesonderten Gebäude, das unter Polizeiaufsicht stand.

Flüsternd fragte Slawik ein paar Leute nach dem Weg und wir gelangten schließlich zu einem alten, zweistöckigen Haus, das etwas abseits von den anderen stand.

Mir blieb keine Zeit, mich an der Tafel am Eingang zu vergewissern, welchem Zweck es diente, aber mir gefiel, dass es keinerlei Bewachung, ja nicht einmal einen Pförtner gab.

Auf der Suche nach einer dienstlich aussehenden Tür gingen wir ein paar Schritte durch einen düsteren Korridor. Hinter einer Biegung kam ein Arzt in grüner Schürze hervor und fragte, was wir wollten. Slawik kramte linkisch allerlei Papiere aus der Tasche, dann traten er und der Doktor ein wenig zur Seite. Unter der einzigen Lampe blieben sie stehen. Der Arzt sah die Dokumente flüchtig durch und bat uns, ihm zu folgen.

Ringsum war es still wie in einer Kirche, nur dass es statt nach Weihrauch unerträglich nach Desinfektionsmitteln roch. Um diese ätzende Stille zu durchbrechen, ließ ich einen Witz vom Stapel. Meine Worte kamen gedehnt wie ein Gummihandschuh:

»Wenigstens haben Sie hier keine Kakerlaken. Die würden umkommen bei dem Gestank!«

Überraschend schlagfertig konterte der Doktor: »Kakerlaken nicht, aber dafür jede Menge Ratten!« Er brach in schallendes Gelächter aus, das wie der schauerliche Ruf einer Eule durch die Gänge hallte.

Slawik krächzte aus Solidarität ein wenig mit, doch auf seinem Gesicht lag heiliges Erschrecken. Tobolewskis Leibwächter blieb ägyptisch stumm.

Plötzlich kam mir zu Bewusstsein, dass ich mich frivol und egoistisch aufführte. Ich hatte überhaupt nicht gefragt, wie es Bachatow ging.

Ich ließ einen Augenblick verstreichen und erkundigte mich dann gemessen:

»Wie ist das Befinden des Patienten Sergej Bachatow?«

»Bestens.« Die Stimme des Arztes gluckste, als sänge er ein Scherzlied: »Tut Teechen trinken und mit der Zeitung winken.«

»Wann kann er entlassen werden?«

»Auf der Stelle. Sie haben vielleicht Humor, Mann!« Der Doktor öffnete eine Tür.

Ich hatte tatsächlich erwartet, Bachatow mit einer dampfenden Tasse Tee in der Hand anzutreffen, im weichen Schein einer Leselampe, neben sich auf dem Nachtschrank einen Stapel Zeitungen. Doch das Zimmer war schwarz und kalt. Mit zwei dumpf scharrenden Bewegungen ertastete der Doktor den Lichtschalter und eine trübe medizinische Deckenbeleuchtung glomm auf. In der Mitte des Raumes stand ein breiter, verzinkter Tisch, darauf ein Bündel – von der Größe eines Menschen.

Ich weiß selbst nicht, warum ich dem Doktor einen Hieb in die Magengrube versetzte. Er krachte in einen Glasschrank, Splitter flogen durch die Gegend und Sezierbestecke purzelten durcheinander. Ich stürzte mich auf ihn und gab ihm ein paar Fußtritte.

»Das reicht«, sagte plötzlich Tobolewskis Leibwächter. »Du bringst ihn um. Wir brauchen ihn noch.«

Der Doktor wand sich auf dem Fußboden und würgte Schimpfworte hervor, die als rosaroter blasiger Schaum auf seinen Lippen zerplatzten. Mit der gekrümmten Hand wischte er sich blutige Schmiere vom Jochbein und sah den Leibwächter hasserfüllt fragend an.

»Das ist ein Freund vom Boss«, erklärte der Bursche leidenschaftslos meine Entgleisung. »Er hat Kummer. Und darf das.«

Der Doktor wälzte sich auf die Knie, stützte sich auf die Fäuste und versuchte hochzukommen. In dieser affenartigen Haltung fand er sein Gleichgewicht wieder, stand auf und schlurfte schwankend zum Waschbecken.

Ich ging zu dem Bündel auf dem Tisch. An der Stelle, wo der Kopf zu erahnen war, schlug ich den Stoff auseinander.

Der tote Bachatow schaute mich an. Er sah ganz anders aus als im Schlaf. Seine Haut war zitronengelb und sein Ohr stand ab wie bei einem Teeglashalter. Ich berührte mit den Fingern Bachatows Stirn und spürte die Kälte in seinem Inneren. Diese Kälte schien mir das einzig Lebendige an Bachatow, denn sie drang, elektrischem Strom gleich, in mich ein und ließ meine Eingeweide gefrieren. Binnen kurzem waren wir beide eiskalt.

»Wann ist er gestorben?«, fragte ich.

»Gestern Nacht«, sagte der Doktor prustend durch das Wasser hindurch.

»Und woran?«

»Ein Anfall von hypertoxischer Schizophrenie.« Der Doktor hatte sich gewaschen und sah schon wieder ganz manierlich aus, nur die Wange war geschwollen, als quäle ihn ein Zahngeschwür. »Einfacher gesagt: ein Hirnödem.«

»Wäre er zu retten gewesen?« Ich fragte ohne provozierenden Unterton.

»Wohl kaum«, antwortete der Doktor ehrlich. »Sie haben ihn zu spät gebracht.«

An Bachatows bloßem Hals sah ich einen dunkelblauen Halbmond. Den gleichen Halbmond entdeckte ich, symmetrisch angeordnet, auf der anderen Halsseite. Zum Rand hin waren die blauen Flecken größer, in der Mitte kleiner und dichter. Zusammengenommen erinnerten sie an einen Hundebiss.

»Woher ist das?«

»Das da?« Der Doktor beugte sich über Bachatow. »Sieht aus wie ein Biss, was? Geplatzte Gefäße. Die hinterlassen noch ganz andere Muster!«

Der Doktor drehte sich zu dem Leibwächter um:

»Nehmen Sie den Toten gleich mit? Wenn ja, machen wir ihn fertig.«

»Tun Sie das«, sagte der Wachmann. »Hier ist was zum Anziehen.« Er zog aus seinem Aktenkoffer einen schwarzen Anzug mit einem Schlitz auf dem Rücken. »Kleiden Sie die Leiche ein.«

Der Doktor ging Hilfe holen und kehrte kurz danach in Begleitung von zwei Sanitätern zurück. Geschickt entkleideten sie Bachatow. Nach dem Tod hatte man ihm die Hände nicht gefaltet, sondern wie bei einem Soldaten an die Hosennähte gelegt.

Die Nägel seiner rechten Hand waren alle abgeknabbert, an der linken jedoch – an Zeigefinger und Daumen – schoben sich noch zwei Hornbögen vor: Bachatows Höllenqual. Ich konnte ihm das Leben nicht zurückgeben, doch es stand in meiner Macht, ihm Ruhe zu vergönnen im Jenseits. Er sollte loskommen von der ewig reißenden Bestie.

Dank des Geschicks der Sanitäter war Bachatow bald darauf angekleidet – schmuck wie ein Bräutigam. Der Doktor brachte einen langen Plastiksack mit Reißverschluss.

»Warten Sie noch ein paar Minuten«, sagte ich, »wenn das geht. Ich möchte mit meinem Freund allein sein.«

Slawik ging mit einem der Sanitäter los, damit der ihm zeigte, wie sich der Kleinbus direkt vor das Leichenschauhaus fahren ließ. Der Doktor und der zweite Sanitäter sagten, sie würden eine Trage holen. Der Leibwächter wollte zum Krematorium – wir hatten vereinbart, uns dort wieder zu treffen – und machte sich ebenfalls auf den Weg.

Ich setzte mich an Bachatows linke Seite. Meine Intuition sagte mir, dass es so sein musste. Ich nahm seine Hand, die kalt war wie ein Pflasterstein im Winter, zwischen meine Finger und wärmte sie ein wenig. Ich redete mir ein, dass der Akt, den ich vorhatte, nicht schlimmer sein konnte als Eiszapfen zu lutschen. Mit den Lippen umfing ich Nagel und Kuppe von Bachatows Zeigefinger, öffnete die Zähne und begann, Millimeter um Millimeter die Hornkante abzukauen.

Der Nagel hatte keinen Geschmack. Allein schon deshalb erschien mir die Pflicht, die ich an Bachatow erfüllte, einfach und unabdingbar. Der Daumennagel war weitaus fester, und es dauerte einige Zeit, bis ich ihn abgenagt hatte. Die säbelkrummen Späne im Mund, nahm ich in Gedanken Abschied von Bachatow, wünschte ihm einen glücklichen Tod und spuckte die Nägel aus. Einer Eingebung folgend, betrachtete ich dann Bachatows Hals. Ich war nicht überrascht zu sehen, dass der Hund ihn losgelassen hatte.

Der Doktor kam mit einem der Sanitäter zurück. Sie streiften Bachatow den Sack über und legten ihn auf die Trage. An der Schwelle der Totenkammer drehte ich mich um. Das Licht war ausgeschaltet, doch auf dem Tisch, wo kurz zuvor Bachatow gelegen hatte, wand sich zuckend ein schwarzer Schatten. Krallen scharrten über den Zinkbelag, leises Knurren war zu hören, dann glommen zwei rote Funken auf und verharrten reglos.

Wir fuhren aus der Stadt heraus. Nach einiger Zeit erblickte ich das Gebäude des Krematoriums, das mit seinem hübschen Kachelschornstein einer gemütlichen kleinen Fabrik glich. Vor dem Tor warteten der Leibwächter und ein Krematoriumsmitarbeiter, der höflich sagte:

»Begeben Sie sich bitte in den Zeremoniensaal, dort können Sie von dem Verblichenen Abschied nehmen.«

Über einen gepflasterten Weg, dessen Steine in sanfte, traurige Muster gelegt waren, gingen Slawik und ich zum Haupteingang des Krematoriums. Von der anderen Seite wurde Bachatow hereingetragen. Der Leibwächter lief dem Angestellten nach und erklärte, wir bräuchten keinerlei Zeremonie, alles solle möglichst schnell vonstatten gehen.

Mit seiner üppigen Fliesenverkleidung ähnelte der Zeremoniensaal verblüffend einer Metrostation. Bachatow lag in einem zerlegbaren Sarg, der so groß war wie die Karosserie eines Kippers. Aus Lautsprechern, die als Kränze getarnt waren, spielte ein Orchester Trauermusik von Dvořák. Ich fand keine Worte, um mich zu verabschieden, deshalb legte ich den Beutel mit den Lebensmitteln und den Plastikdeckeln zu Bachatow in den Sarg und winkte mit der Hand wie auf dem Bahnsteig. Geräuschlos setzte sich ein Laufband in Bewegung. Bachatow entschwand langsam durch eine viereckige Öffnung in der Wand, hinter ihm schlugen die Samtportieren zusammen.

Ich hörte Engelsstimmen aus dem Jenseits. Mit leisen Mutterflüchen nahmen sie Bachatow in Empfang. Ich blieb noch ein paar Minuten stehen und wartete auf den typischen Knall, den eine Konservendose verursacht, wenn sie vor Hitze platzt. Doch es kam nichts.

Eine Ordnerin in schwarzer Toga schlug uns vor, im Garten spazieren zu gehen, während die Urne mit der Asche vorbereitet würde. Eine halbe Stunde später erhielten wir einen Eisenkasten, in dem sich der pulverisierte Bachatow befand. Er war noch ein bisschen warm.

Tobolewskis Leibwächter sagte mir, für die Urne sei ein Platz auf dem Ersten Städtischen Friedhof reserviert, doch ich weigerte mich, Bachatow dort zu begraben. Ich hatte meine eigenen Vorstellungen. Der Leibwächter betrachtete seine Bestattungspflichten als erfüllt, setzte sich ins Auto und fuhr davon. Ich und Slawik blieben zurück.

»Wohin jetzt?«, fragte er, als wir in den Minibus stiegen.

»Zur ›Girlande‹«, sprach ich aus, was als Gedanke in meinem Inneren und eigentlich nicht als Verlautbarung gedacht war.

»Was ist das denn, ein Friedhof für besonders Privilegierte?«, erkundigte sich Slawik mürrisch.

»Fast.« Ich staunte, wie nahe er der Wahrheit kam.

»Und ist das weit?« Müde reckte er die Hand zum Zündschlüssel. Der Motor schluchzte auf und sprang an.

»Ich weiß nicht, vierzig Minuten vielleicht.«

»Vielleicht sollten wir es besser auf Morgen verschieben?« Slawik wurde ungehalten.

»Das hat keinen Sinn. Am besten, wir bringen alles in einem Ritt hinter uns.«

Ich hatte nicht die geringste Lust, ihm zu erklären, dass es für mich womöglich kein Morgen geben würde, denn bei uns, den Zöglingen der »Girlande«, lagen zwischen dem Sterben der beiden Partner im Tod höchstens drei Tage.

»Jetzt kann ich aber nicht«, sträubte sich Slawik. »Ich muss durch die ganze Stadt, noch was in der Firma erledigen und danach den Bus in der Garage abgeben. Am besten, wir machen es so: Ich bringe dich jetzt nach Hause und heute Abend hole ich dich mit meiner Karre ab. Dann können wir von mir aus losgondeln.«

»Ist gut, ich habe nur eine Bitte: Bring einen Spaten mit, egal, was für einen, Hauptsache, er gräbt.«

»Wird gemacht«, versprach Slawik.

»Ach, und noch eins: Setzt mich da ab.« Ich nannte die Adresse meiner alten Wohnungsverwaltung. Ich wünschte mir sehr, dass Fjodor Iwanowitsch und die anderen von Bachatow Abschied nahmen. Und das sollte sich als gute Idee erweisen.

In der Werkstatt saßen alle beisammen, um das Sieben-Tages-Gedenken für ihren bestialisch ermordeten Kollegen abzuhalten. Ich schloss mich ihrer Trauer an. Bei irgendeiner Runde des Umtrunks fasste ich Mut, nahm die Urne, stellte sie auf den Tisch und sagte:

»Trinken wir auf Serjosha Bachatow!«

Sie wussten nicht, dass Bachatow gestorben war, und hatten ihn – ganz zu Unrecht – nach jedem Glas Wodka mit den schlimmsten Schmähungen bedacht. Deshalb war ich auf eine negative Reaktion gefasst, doch die Burschen zeigten Format. Ihres Toten im Angesicht der Asche seines mutmaßlichen Mörders zu gedenken, brachte sie nicht aus der Fassung. Sie tranken auch auf Bachatow, mit dem Wunsch, die Erde möge ihm leicht, das Himmelreich versprochen und ein Zehnrubelschein für jedes verrostete Standrohr sicher sein. So ein Spruch gehörte bei uns einfach dazu.

Slawik kam gegen acht Uhr abends.

»Eher ging es nicht«, rechtfertigte er sich. »Dafür habe ich aber alles dabei, guck mal!« Er hielt mir einen Klappspaten hin, der in einer Segeltuchhülle steckte.

Versteht sich, dass wir mehrere Stunden über Landstraßen irrten, weil wir das Internat nicht finden konnten. Ich erinnerte mich nur vage an den Weg dorthin – wie ein verträumter Reisender, der nur hin und wieder aus dem Fenster geschaut hat. Slawik war überhaupt noch nie in dieser Gegend gewesen. Wir erkundigten uns bei ein paar Dorfbewohnern, die vor Altersschwäche wohl sogar den eigenen Namen vergessen hatten, und befragten jeden, der uns begegnete, doch am Ende führte uns nur ein Zufall das halb verwischte Schild vor Augen, das die Richtung zum Internat wies.

Im Abendschein der letzten Septembertage konnte unser Alma Pater, nun zu einem Lager für Scouts umfunktioniert, von einem niedrigen Zaun umgeben und üppig mit Buschwerk und Bäumen bewachsen, glatt für einen Friedhof durchgehen. Der Pfadfindersommer war vorbei, das Internat still und verwaist. Ich sagte Slawik, er solle im Auto auf mich warten, und ging los. Die einstmals so vertrauten Pfade trugen jetzt einen Asphaltbelag und erschienen mir fremd. Ich dachte, dass ich Bachatow neben Nastenka begraben sollte. Das wäre wie eine Familiengruft, in der auch ich zu gegebener Zeit meinen Platz finden würde.

Es dunkelte rasch, die grauen Konturen ringsum hüllten sich in undurchdringliche Schwärze. Selbst ich, der ich all die simplen Routen vom und zum Internat auswendig kannte, musste einsehen, dass mir die Orientierung schwer fiel. Lange starrte ich in die Finsternis, um die richtige Richtung auszumachen. Wir waren nämlich von hinten an das Internat herangefahren und mein topographisches Gedächtnis hatte sich nicht auf diese spiegelverkehrte Wahrnehmung eingestellt. Zum Glück wehte ein hoher Wind, der die Wolken zerteilte. Der Mond und einige Sterne sahen hervor und erhellten trübe meinen Irrweg. Ich war in die völlig entgegengesetzte Richtung gelaufen. Ich machte kehrt und ging – nun aber zielsicher – mit Bachatow in der einen und dem Spaten in der anderen Hand direkt auf den Friedhof zu. Hinter jedem Strauch, der sich regte, glaubte ich die zottigen Flanken eines Hundes zu erkennen.

Nach den Bäumen begann die Rabatte – gepflegte Blumenbeete in verschiedenen geometrischen Formen, die ein genau abgezirkeltes Viereck bildeten. Ignat Borissowitsch hatte niemanden vergessen. Er hatte jedes Kind in ein eigenes Beet umgebettet. Kurze Zeit war ich ratlos, denn ich kam nicht darauf, in welchem davon Nastenka lag. Ich hätte Reihe und Platz abzählen können, doch ich wusste nicht, von welcher Seite her. Im Frühling hatten auf ihrem Grab Vergissmeinnicht geblüht, jetzt bedeckte welkes Stengelgewirr den Boden. Es gab keinerlei Anhaltspunkt mehr.

Von Zweifeln zerrissen irrte ich zwischen den Gräbern umher. In einer Reihe stieß ich auf ein Stück bloße Erde, das groß genug war für zwei. Das löste alle Probleme. Ich hockte mich hin und begann, eine Grube auszuheben.

Aus unerfindlichen Gründen legte ich sie so geräumig an, als wäre sie für einen ganzen Menschen mitsamt Sarg gedacht und nicht für dieses Behältnis von der Größe eines Starenkastens. Mir ging auf, dass ich dafür das Zehnfache an Zeit benötigen würde, doch ich konnte diese Anwandlung von kleinlicher Berechnung überwinden. Das Erdreich war locker und die Arbeit ging gut voran.

Ich hob eine etwa anderthalb Meter tiefe Grube aus, glättete die Wände und ließ die Urne hinab wie auf den Boden einer Truhe. Nach kurzem Verschnaufen pflückte ich ein paar Unkräuter, die ihre Blüten in den Herbst gerettet hatten, und warf sie in das Grab. Unter den Bäumen schaufelte ich Erde zusammen, trug sie in mehreren Portionen in meinem Hemd zum Grabhügel und gab ihm die typische Form eines umgestülpten Trogs.

Von weiteren Gestaltungsarbeiten hielten mich kaum hörbare Klavierakkorde ab, die vom Internat herüberklangen. Ich musste die Töne bereits seit längerem wahrgenommen haben, doch mein Gehör hatte sie nicht von dem unmittelbaren Geschehen getrennt, in das sie sich organisch einfügten. Die Melodie war eher schlicht, aber bewegend und voller Schmerz. Das ungestimmte Klavier verlieh ihr eine ganz besondere, drehorgelartige Trauer.

Wie verzaubert lief ich um das Gebäude herum, auf der Suche nach dem Ursprung der Töne. Die Melodie wurde deutlicher und lauter. Aus einem Kellerfenster, das halb in der Erde versunken war, quoll Licht wie schlaffes Spitzengeflecht. Ich beugte die Knie und spähte durch die Scheibe.

Zuerst sah ich den Rücken des Mannes am Klavier. Es war ein Verwachsener, der spielte, und sein ungeheuer großer Buckel blähte sich wie ein Mückenbauch. Der Höcker hüpfte ein wenig im Takt der Musik, die Haut, unter der Kleidung verborgen, schien dünn und durchsichtig. Ich dachte, wenn man in diesen Buckel stach, dann müsste er platzen unter dem Druck des herausschießenden Bluts.

Einen Moment später erkannte ich das Instrument wieder. Es war mein altes Internatsklavier, das ich damals zufällig in der Abstellkammer entdeckt hatte. Mir wäre nie in den Sinn gekommen, dass es solche Unruhe stiftenden, Süße spendenden Töne von sich geben könnte. Unterdessen wuchsen der Melodie neue Themen und Variationen zu und ließen sie immer bitterer und herrlicher klingen. Ich mochte schwören: Diese Melodie hatte es nie zuvor gegeben – und ich hatte sie mein ganzes Leben lang gekannt.

Auf dem Brettertisch brannte eine Petroleumlampe. Ihr dünner Docht bebte inmitten einer unnatürlich grellen Flammenknospe. Daneben standen drei Gläser und eine Flasche – nur die beiden Trinkgesellen des buckligen Improvisators fehlten. Plötzlich wandte er den Kopf und legte das lange Kinn auf die Schulter.

Es war Ignat Borissowitsch. Irgendwo in der Nähe heulte ein Hund, eine Brunnenkette klirrte. Ignat Borissowitsch lachte mit blutrotem, geschwollenem Mund, streckte neckend die lange Zunge heraus, und in der Musik klackten abgehackte Tangorhythmen auf. Der Tisch rutschte zur Seite und gab den Raum frei für ein tanzendes Paar.

Da kamen sie – zwei ineinander verschränkte Körper in Weiß. Der Tänzer, der führte, bewegte sich mit ausgreifendem Schritt, eine Hand stützend unter die Schulterblätter des Partners geschoben. Der zweite Tänzer schleifte effektvoll ein Bein nach, bis es ihm aus der Hose rutschte. Mit der freien Hand packte er das abgerissene Glied und begann es vor seinem Gesicht zu schwenken wie einen Fächer. Auf dem Höhepunkt der leidenschaftlichen Musik sahen beide gleichzeitig zu mir herüber, und ich erinnerte mich an ihre im gewaltsamen Tod verzerrten Gesichter.

Grausig heulte der Hund und zerrte an seiner Kette. Die Musik hatte ihren Charakter geändert – ein mutwilliges russisches Tanzlied, das allbekannte »Fräuleinchen«, klang auf. Eine junge Schönheit glitt durch den Raum. Ein Betttuch mit blutigen Flecken ersetzte ihr den Seidenschal. Sie wandte sich zu mir und schlug das Laken auseinander – darunter war nichts. Der Schlussakkord dröhnte, das leere Laken glitt zu Boden, und klirrend zerbarst die Kette, die den Hund hielt.

Ich löste mich vom Fenster und sprang auf. Mir fiel ein, dass ich den Spaten am Grab vergessen und mich damit meiner einzigen Waffe beraubt hatte. In der Hoffnung, ich könne der blindwütigen Kreatur den Hals zudrücken, riss ich zur Verteidigung die Hände hoch. Im Bruchteil eines Augenblicks sah ich, wie an Zeigefinger und Daumen der linken Hand stählerne, messerartige Auswüchse wucherten.

Das, was sich näherte, hatte keine sichtbare Form, nur glasige Umrisse. Es besaß Masse: Sensibler als ein Seismograph registrierte ich das Beben des Bodens. Ich sah sie nicht, sondern spürte sie nur, die Kiefer, die neben meinem Hals zusammenschlugen. Jetzt brauchte ich nicht mehr zu rätseln, welcher Natur das Wesen war. Ein riesiges Bündel paranoider Empfindungen, ein ungeheuerliches Konzentrat leidvollen Grams umschloss mich. In jedem Molekül dieses Wesens schien der Schmerz um die zehn toten Söhne konzentriert. Durchbohrt von meinen stählernen Nägeln brach die Wesenheit auseinander und zerfloss. Tränen rannen über mich hinweg – heiß und ätzend wie Säure.

Nicht weit entfernt lief eimerklappernd Ignat Borissowitsch vorüber, auf seinem Rücken verschwamm ein gigantischer schwarzer Fleck. Vor ihm öffnete sich, einem Auge gleich, ein Brunnen, verschlang ihn und verschwand.

Zu meinen Füßen lag ein verendeter Hund, ein Tier, wie man es zur Bewachung hält, eine ganz gewöhnliche Mischung aus einem Schäferhund und einer unbekannten Spezies. An seinem Halsband hing noch ein kurzes Stück Kette.

Ich war verärgert und zugleich peinlich berührt, besonders, als ich bemerkte, dass es für meine unfreiwillige Bluttat einen Zeugen gab. Ein alter Mann, vielleicht der Wächter des Camps, stand wenige Schritte von mir entfernt, das rote, gleichsam fühllose, taube Gesicht im Kragen der Wattejoppe verborgen. Er konnte sich offenbar nicht entschließen, näher zu kommen und mich anzusprechen.

»Sie müssen schon entschuldigen, das mit dem Hund«, sagte ich, widerwärtig verlegen, »ich wollte ihn gar nicht umbringen«.

»Wenn Sie einen Abgekratzten hergebracht haben, was buddeln Sie ihn dann selber ein und machen sich die Hände dreckig?« Der Alte wurde lebhaft. »Ich hätte einen Spaten holen und ihn mit Kalk zuschaufeln können.« Auf jedes Wort folgte ein kleiner dienstfertiger Bückling. »Wie viele ich hier schon unter die Erde gebracht habe, und alle mit Kalk. Eure Chefs, die vertrauen mir, und da machen Sie sich selbst die Arbeit, das ist nicht schön.« Der Ärmste jammerte offensichtlich dem entgangenen Verdienst nach.

Ich wollte nicht wissen, welche Chefs hier ihre Toten verschwinden ließen.

»Da, nehmen Sie!« Ich hielt ihm einen Hunderter hin.

»Mein Wohltäter!« Gierig zerknüllte der Wächter die Belohnung zwischen seinen Fingern, die lederhäutig waren wie bei einem Huhn. Etwas murmelnd von besonderen Gefälligkeiten – bei Bedarf könne er auch Stück für Stück, mit Zeitungspapier drumherum –, beugte sich das Faktotum über den toten Hund und nahm ihm das Halsband ab.

»Vielleicht machen Sie ja gern Hunde alle?«, fragte der alte Wächter vertraulich. »Ich kann Ihnen welche besorgen.«

»Danke, nicht nötig«, lehnte ich hastig ab.

»Und auf eine Missgeburt haben Sie keine Lust?« Er leckte sich gierig die Lippen. »Ein Tausender, und Sie können mit ihr machen, was Sie wollen. Wenn sie draufgeht – auch nicht schlimm, verbuddele ich sie eben und Kalk drauf. Früher gab es hier jede Menge von solchen Monstern, Männlein und Weiblein.« Der Wächter grinste durchtrieben. »Aber dann sind sie alle weg, ich habe mir die letzte geschnappt …«

In diesem Moment schien mich der Alte richtig gesehen zu haben. Er schrie grässlich auf und warf sich zu Boden.

»Was brüllst du denn, Blödmann?« Ich verstand den Grund für sein Entsetzen nicht.

»Jetzt bringen Sie mich bestimmt um«, fing der Wächter an zu greinen.

»Warum sollte ich dich umbringen?« Ich war verwundert.

»Weil Sie doch so was wie ein Pärchen abgeben!« Ich konnte nur staunen über das naive Feingefühl, mit dem er mich den Missgeburten zurechnete.

»Tun Sie mir nichts, ich gebe sie Ihnen auch umsonst!« Behende sprang der Wächter auf und lief, sich jeden Augenblick umsehend, mit schweren greisenhaften Trippelschritten voran.

»Hier lang, hier lang, dort drüben ist sie …«

Er führte mich zu einer Baracke, die wie der Geräteschuppen eines Hausmeisters aussah. Seine zittrigen Bewegungen schienen sich am Leben festzukrallen, als er den Riegel beiseite schob und die Tür öffnete. Er machte einen kläglichen Knicks, huschte hinein und brachte kurz darauf das Mädchen heraus.

»Hier, sehen Sie nur«, sagte der Alte, »sie ist sauber und satt.« Er strich dem Mädchen über den Kopf mit den spärlichen hellen Strähnen.

Die kleine Idiotin hatte ein ziemlich hübsches, ein wenig bulldoggiges Gesicht. Ich erinnerte mich gut an diese rundlichen, hilflosen Kinder. Sie lächelte und entblößte ein lückenhaftes Gebiss mit reiskornkleinen Zähnen. Zum Anreiz hatte man das Mädchen in einen kurzen, aus einem Krankenhausnachthemd genähten Morgenmantel gesteckt. Unter den verwaschenen Rüschen staken dicke Beine hervor, faltig wie bei einem zu groß geratenen Säugling.

»Sag dem Onkel Guten Tag, Nastenka«, forderte der Alte mit einem zaghaften Anflug von Koketterie.

Die Kleine stand reglos, dann zog sie, einem fest verinnerlichten Reflex folgend, den Morgenrock bis zum Gürtel hoch und ließ das kräuselhaarige Geschlechtsteil sehen.

Meine stumme Betrachtung diente dem Wächter als Fluchtsignal. War er vorher vorsichtig zurückgewichen, so hetzte er jetzt aus Leibeskräften hinter die Bäume. Das kleine Mädchen sah mit winzigen, immer wieder zufallenden Augen durch mich hindurch, trat eine Weile von einem Fuß auf den anderen und trottete dann zurück in den Schuppen.

In der Natur zeigten sich die ersten Anzeichen von Morgengrauen. Die ausgeblichene Schwärze des Himmels wich dunkelblauen Tönen. Ich ging zum Auto – ohne Hoffnung und ohne Angst. Ich wusste, der Tod ist nur aufgeschoben bis zu jenem Augenblick, in dem Bachatows Leichengift wie bei zwei verbundenen Gefäßen in meinen Körper hinüberfließt und das Herz zum Stillstand bringt.